DEMASIADO LEJOS AL OESTE

DEMASIADO LEJOS AL OESTE

LIBRO 1

ISOBEL WYCHERLEY

Traducido por

JOSÉ GREGORIO VÁSQUEZ SALAZAR

AGRADECIMIENTOS

¡Gracias por comprar mi primera novela! Mucho amor, sudor y lágrimas entregué en este trabajo.

Desde el principio, el apoyo que recibí de mi familia, amigos y desconocidos me impulsó con más fuerza a alcanzar mi objetivo. Mi hermana, Gud, ha sido una gran ayudante durante todo el proceso, ayudándome a generar las ideas iniciales y dándome retroalimentación sobre lo que estaba bueno y lo que no. No podrías haber hecho más para ayudarme. No hubiera podido hacerlo sin ti.

Y gracias a Lily por dibujar la increíble portada. Sé que teníamos mucho más planeado para este proyecto, pero la portada no podría ser mejor y espero que tengamos muchas más oportunidades de colaborar juntas en el futuro.

Por último, gracias a todos los que aparecen en este libro (aunque es posible que no me lo agradezcan a mí). Aunque con una base vaga, ustedes hicieron que el 2018 fuera tan occidental y sorprendente como realmente lo fue. Entonces, aquí está mi regalo para ustedes, todos esos recuerdos escritos en un libro.

¡Espero que disfruten leyendo Demasiado Lejos al Oeste tanto como yo disfruté escribiéndolo y espero que sus personajes no les ofendan demasiado! Gracias a todos. Mucha paz y amor para ustedes.

INTRODUCCIÓN

Perezosa, desorganizada, desmotivada, desempleada y sin educación. Pero no soy «des» nada. Voy a la universidad todas las semanas, tengo un buen trabajo de medio tiempo y no soy más perezosa que el chico promedio de dieciocho años. Supongo que se podría decir que no soy la típica fumona.

Mi nombre es Felicity, pero me dicen Flic. Vivo en casa con mis padres, Stuart y Amanda, y mi hermana mayor, Laurie. Mi mamá está muy en contra de las drogas, nunca ha tomado ninguna y no tiene miedo de decirlo. Es una mujer pequeña con cabello oscuro corto, una cara bonita y la piel más suave que hayas visto. No se aleja de confrontar a cualquiera cuando cree que ha hecho algo malo. Y luego está mi papá. Es una de las personas más interesantes que he conocido, a todos les encanta escuchar historias de su pasado. Como nuestra Mandy, él nunca ha estado realmente interesado en las drogas, dice, pero hay una historia que siempre se le escapa cada vez que está borracho, sobre su mejor amigo presentando una bolsa de hierba en la fiesta de inauguración de la casa de mis padres con las palabras: «Buenas noches, caballeros»

Mi papá es alto y está en buena forma, a pesar de sus adoloridas rodillas, codos, pies y espalda...

Está abierto al humor sobre las drogas y siempre me pregunta si quiero «lechuga del diablo» en mi hamburguesa. A pesar de esto, me daría un rápido gancho de izquierda en la garganta si descubriera cuánto ansiaba una calada de la verdadera lechuga del diablo.

Y por último, pero no menos importante, está Laurie. Somos más cercanas que cualquier par de hermanas en el mundo. ¿Por qué? Porque tenemos el mismo sentido del humor, intereses similares, los mismos padres y un amor por todas las cosas que te elevan el ánimo.

Nuestra banda favorita es Tenacious Toes, un grupo australiano que, para mí, personifica todo lo bueno de la vida: el verano, el amor y el tiempo pasado holgazaneando con tus amigos. Y la suerte de que pronto podré volar a la capital mundial de la marihuana, donde la hierba siempre es más verde, para verlos actuar en vivo. ÁMSTERDAM. Viviré el sueño de cualquier fumón.

Laurie se ve completamente diferente a mí. A veces incluso nos cuestionamos si realmente estamos emparentadas o no. Soy pequeña, con cabello de colores brillantes, extremidades delgadas, y en mi nariz tengo numerosos aretes, que mi abuela odia, y un par de anteojos negros y redondos. Laurie es más alta, tiene cabello castaño largo y ojos azules brillantes, además de un solo arete en la nariz, que aparentemente a nuestra abuela le encanta. Me pregunto: ¿quién es su favorita?

Pasamos mucho tiempo juntas, yendo al pub, jugando al billar o fumando hierba. No importa lo que hagamos, lo hacemos riéndonos a carcajadas.

Aunque adoro a mi hermana, paso la mayor parte de mi tiempo con mis tres mejores amigos: Jenk, Len y Javan. Nos encontrarás en nuestro lugar favorito en Paradox Park, en una gran banca de picnic cubierta de grabados y grafitis de otros fumones que usan esta banca como su refugio. La banca está situada con un vasto bosque detrás de ella, que se extiende por millas, y una gran extensión de césped delante, que te conecta con el aparcamiento y la entrada, así que realmente te sientes al aire libre, vulnerable, como si fuéramos los cuatro contra el mundo, solo nos tenemos el uno al otro.

Jenkies, una vez un chico tímido con el que nunca hablé en la escuela secundaria, ahora es el tipo que proporciona las drogas para nuestra pequeña cita en el parque. Es muy alto, casi demasiado alto, y larguirucho como cualquier cosa. Tiene cabello rubio hasta los hombros que se riza en las puntas, y que generalmente sobresale por debajo de su sombrero de pescador de la suerte, rojo con flores azul marino esparcidas asimétricamente a su alrededor. El típico fumón, se mantiene alejado de las confrontaciones y hace que sea muy difícil que a cualquiera le desagrade, con su eslogan «delicadeza, nunca estrés».

Len, por otro lado, es todo lo contrario. Siempre ha sido muy seguro de sí mismo y confiado, uno de esos tipos que piensan «soy la persona más guapa de esta habitación», a pesar de que también es un manojo de nervios. Sobre su cabeza tiene cabello corto, rubio y rizado, y su rostro siempre está adornado con una sonrisa blanca y perfecta. Tiene hombros anchos y una espalda de buen nadador, rematado todo con el abdomen más definido que jamás hayas visto. Todo el mundo conoce su nombre, y él lo sabe. Pero a pesar de esto, no es tan arrogante como podrías esperar. De hecho, es más como un niño gigante, siempre riendo y contando chistes. No se toma a sí mismo demasiado en serio, de alguna manera.

Y finalmente, está Javan. Él también es muy alto; aunque un poco más pequeño que Jenk. Sus grandes ojos hundidos están casi cubiertos por su largo flequillo castaño y despeinado.

Al pobre chico no se le han dado las mejores oportunidades en la vida. Parece que no puede quedarse en la universidad por mucho tiempo o mantener un trabajo de fin de semana por más de dos meses, lo que significa que nunca tiene dinero para pagar los medicamentos, y todavía nos debe dinero a todos desde el mes pasado también. Debido a esta dificultad, se ha deprimido mucho, pero hay algunos extremos a los que llega que ni siquiera sabíamos. Pero, al igual que Len, sabe tomar una broma, y por un momento se olvida de las dificultades que enfrenta y disfruta del tiempo que pasamos juntos.

Cuando no estoy divirtiéndome, estoy en la universidad o en el trabajo. Todos mis amigos van a la misma universidad que yo, pero no estamos en ninguna clase juntos, aparte de que Jenk y yo tenemos algunas horas preciadas en nuestras clases de medios, pero nuestros descansos siempre los pasamos juntos como grupo. También estudio teatro, idioma inglés y EPQ (Calificación de Proyecto Extendido). Para aquellos de ustedes que no saben qué es EPQ, es una trampa a la que los atraen diciendo que los ayudará a ingresar a la universidad que elijan, cuando todo lo que hace es disminuir sus ganas de vivir. Para este tema, se le pide al estudiante que escriba una disertación y entregue una presentación de PowerPoint a la clase. El tema de esto depende de ti. En mi caso elegí escribir sobre los efectos de diferentes drogas en la mente y el cuerpo, mientras que otros estudiantes eligieron cosas como «¿Existe una ciudad sostenible?» o cosas sobre Shakespeare, así que se puede decir con seguridad que mi proyecto sobresale como un pulgar perezoso, desorganizado, sin motivación, impulsado por las drogas.

Trabajo los fines de semana detrás de la barra en un pub local. Está lleno de hombres mayores y espeluznantes que me invitan a salir o preguntan dónde vivo. Pero en general, supongo que disfruto trabajando allí. Como dicen, un trabajo es un trabajo, y este trabajo me paga para drogarme, así que no puedo quejarme.

Este año ha sido el mejor de mi vida. Hemos tenido el verano más caluroso que Gran Bretaña ha visto en años, conocí a mi banda favorita en mi nueva ciudad favorita y, lo más sorprendente de todo, el equipo de Inglaterra estaba avanzando en la Copa del Mundo. La moral y el patriotismo estaban en su punto más alto, justo lo que necesitábamos.

Excepto que, después de enfermarme durante las vacaciones, los médicos me dieron un último año débil de vida y quería aprovecharlo al máximo. Pero poco sabía que sucedería algo que pondría a prueba la base de cada relación que tengo y pondría a prueba las vidas de todos los involucrados. Salieron historias en las noticias, pero nadie sabe qué pasó realmente. Soy la única persona que puede decírtelo todo. La verdadera historia necesita ser finalmente contada.

UN MES ANTES:
SERVICIO CON UNA SONRISA AL REVÉS.

Para empezar el verano, mi familia siempre se va de vacaciones a algún lugar cálido, siendo Menorca el destino de este año. Llegamos al aeropuerto a las cinco de la mañana. Todos estamos cansados y muy callados, preguntándonos unos a otros si estamos emocionados por las vacaciones con las voces menos entusiastas de la historia.

El vuelo ha terminado rápidamente. Todo el mundo está dormido mientras veo un par de episodios de una serie que Jenk me había dicho que viera y, en ese momento, estamos aterrizando.

Una vez que estamos en el aeropuerto de Menorca, mi papá va a buscar la compañía de taxis que se supone que nos llevará a nuestra villa. Regresa con un hombre que parece más un ex-luchador español que un taxista. Es enorme y tiene un bigote oscuro como un manubrio, cabello negro con retroceso y piel aceitunada. También puedes ver su blusa blanca inmaculada debajo de su delgada camisa de cuello blanco con los primeros botones desabrochados, mostrando una jungla de vello negro y rizado en el pecho y una gran cadena de oro.

Arrebata la maleta que tengo delante, con el estilo español apremiante que tienen la mayoría de los nativos, y nos lleva al minibús.

Solo que no es un minibús; de hecho, se podría decir que es todo lo contrario. Me quedo mirando al Padre Loco cargar nuestras maletas en un autobús vacío de dos pisos.

—Adelante entonces, adelante —dice papá, con una sonrisa en su rostro.

Subo al autobús y casi empiezo a caminar hacia las escaleras para sentarme en la parte de arriba, como si fuera el autobús escolar, pero en su lugar me acomodo en un conjunto de cuatro sillas que rodean una pequeña mesa de plástico. Laurie y mamá también se unen a mí allí.

—¿Qué demonios? —Mamá susurra mientras se sienta a mi lado.

Papá se sube al autobús mientras Luchador El Diablo termina de poner nuestras maletas en la bodega de equipaje, en el exterior del autobús. Se sienta solo en la mesa opuesta a la nuestra.

—Será mejor que nos separemos —Bromea, mientras respira torpemente entre dientes, lo que nos hace reír a todos.

—¿Sabías que iba a ser un autobús de dos pisos? —Yo susurro, mientras El Genérico sube al autobús y cae pesadamente sobre el asiento del conductor.

Papá niega con la cabeza y se ríe.

El viaje en autobús no es tan largo como esperaba. En cuarenta y cinco minutos estamos recogiendo las llaves de nuestra nueva casa para pasar la semana.

Nos bajamos del autobús y El Misterio nos pasa las maletas de vuelta sin una sonrisa a la vista.

—¡Gracias! —Grito, con mi mejor acento español que aprendí de un año de español de nivel A, que luego reprobé y abandoné. Él solo asiente con la cabeza hacia mí con su sonrisa al revés.

La villa es su casa típica: paredes blancas, pisos de baldosas, techo naranja y muebles de madera obsoletos. Nos cambiamos con ropa más apropiada y nos relajamos con las altas temperaturas. La escena es una dicha. Estoy flotando en la piscina de espaldas, mirando el hermoso cielo azul claro, el sol naranja gigante bronceando mi piel pálida y blanca y calentando la piscina a la temperatura más perfecta. Mi papá está tumbado boca arriba en una tumbona a la sombra, leyendo su libro tranquilamente, mientras Laurie y mamá toman el sol en la piscina, agarradas al costado, estirando las piernas frente a ellas. Todo lo que puedo escuchar entre el zumbido sordo del filtro debajo del agua es el sonido de los cantos, provenientes de los pequeños pájaros marrones que deambulan por el borde de la piscina, picoteando todo lo que encuentran en el piso. Cierro los ojos mientras pienso, «*esto es lo más tranquila y relajada que he estado...*» Y hago flotar mis manos a través del agua clara, atravesando el calor inmóvil de ella, bendiciendo mi piel con una cubierta mucho más fresca que antes.

Como estábamos en un corre-corre, desempacando y ordenando todo alrededor de la villa, estábamos demasiado ocupados para notar que la familia también se mudaba a la villa contigua a la nuestra. Allí vivirían durante la próxima semana un padre y una madre, una abuela y dos niños pequeños, Isaac y Ellamae. Escuchamos a los dos niños corriendo afuera gritando mientras finalmente los sueltan para explorar su nuevo entorno.

Pero su papá no lo permitirá.

—No, no. Ven aquí, Isaac. Solo uno de ustedes en la piscina

a la vez. Pongan sus brazaletes. No puedo cuidar de los dos al mismo tiempo. ¡ELLAMAE!

Saco la cabeza del agua y me doy la vuelta para mirar a mi madre y a Laurie. Ellas ya están mirando a mi papá, y él me está mirando a mí. Nos miramos con cara de preocupación, aparte de mi madre, que está poniendo los ojos en blanco y parece que preferiría estar en cualquier otro lugar que no sea nuestro propio paraíso privado.

Luego, el padre ruidoso y arrogante comienza a tratar de enseñarle al niño a nadar.

—¡Vamos, patea, usa tus piernas! No se trata solo de fuerza, Isaac, ¡se trata de técnica! ¡Si seguimos practicando así todos los días, tu técnica mejorará y te volverás más fuerte también! ¡ELLAMAE, SAL DE LA PISCINA! ¡SOLO UNO A LA VEZ EN LA PISCINA!

Sin embargo, Isaac no está escuchando el entrenamiento olímpico de élite de su padre y Ellamae no está escuchando los molestos estallidos de ira de su padre. Y, como era de esperar, tampoco queremos escucharlo, así que caminamos hacia la ciudad con una sola cosa en mente: un desayuno inglés completo.

Pasamos por filas y filas de cafés y restaurantes, pero ninguno de ellos nos ofrece exactamente lo que queremos. Después de lo que parece una eternidad en el calor sofocante, finalmente encontramos un bar británico que anuncia un inglés completo, con croquetas de patata incluidas. Papá trata de engañarse pensando que podríamos encontrar un lugar aún mejor para comer, así que continuamos caminando por el camino por un rato hasta que ordeno, en lugar de preguntar:

—¿Deberíamos dar la vuelta y entrar allí ahora?

A lo que todos responden instantáneamente:

—Sí" —Y marchamos de regreso al confiable bar británico.

El propietario es un hombre *cockney* de mediana edad llamado Mark. Un nativo del este de Londres, tradicionalmente uno nacido cerca de las campanas de Bow. El hombre se acerca y toma nuestra orden y charla sobre el juego de Inglaterra contra Colombia que hay esta noche, que, si ganamos, nos catapultará a los cuartos de final. Cuando llega el desayuno, es increíble. Todo lo que podrías desear estaba apilado en el plato: salchichas, tocino, frijoles horneados, huevo frito, tostadas, croquetas de patata, champiñones, morcilla, ¡perfecto! Me siento allí, demasiado ocupada comiendo para unirme a la conversación sobre regresar más tarde esa noche para ver el partido de Inglaterra aquí, pero estoy más de acuerdo que nunca en que definitivamente deberíamos regresar; quizás mañana a la hora del almuerzo también.

Después de terminar nuestro delicioso festín, caminamos de regreso a la villa y nos refrescamos de la larga y calurosa caminata saltando a la refrescante piscina. Durante el resto del día, lo único de lo que hablamos papá y yo es de lo bueno que estuvo el desayuno, lo que nos lleva al tema de las parrilladas. Incluso solo decir la palabra 'barbacoa' trae un brillo de luz a los ojos de mi papá, como un niño en una tienda de dulces. Con entusiasmo, decide caminar hasta el supermercado para comprar todos los elementos esenciales de la barbacoa con mamá, y eso es exactamente lo que hacen. Me acomodo en el sofá verde, casi hundido por la edad, junto al que está Laurie mientras juega con su teléfono.

—¿Han salido mamá y papá? —Ella pregunta.

—Sí, ellos han ido al supermercado —Le respondo.

—¿Te apetece un porro de marihuana? —Pregunta ella, sin apartar los ojos de su teléfono.

No me molesto en preguntarle cómo tiene esta hierba, de hecho, creo que preferiría no saberlo.

Nos sentamos en una tumbona en medio de la zona de césped y encendemos el cigarro. Decidimos fumarlo lo más rápido humanamente posible para asegurarnos de que nadie nos atrape.

Doy mi última calada y me siento en el extremo de la tumbona con los ojos cerrados y la cara inclinada hacia el sol, Laurie terminándose el porro a mi lado. Empiezo a sentirlo más, creciendo dentro de mí. El mundo retumba metódicamente en mis oídos como si tuviera su propio pulso y puedo sentir pequeñas gotas de sudor goteando de mi cabello. Mi mandíbula comienza a apretarse debido a la extraña sensación en mis dientes y empiezo a respirar profundamente para tratar de relajarme.

—¿Estás bien? —Laurie pregunta, preocupada.

—¡Sí! —Bromeo, pensando que puedo fingir que todo mi cuerpo no se está derritiendo en un charco en el suelo.

—Flic... Te voy a preguntar una vez más... ¿Estás bien?

—NECESITO SOMBRA.

Corro hacia el otro lado de la piscina donde la sombra del sol detrás de la villa da cobijo a un juego de sofás afuera. Me acuesto y cierro los ojos. Estar en una superficie más dura me hace sentir mucho mejor porque sé que estoy pegada al suelo y que no voy a ninguna parte, por lo que mi cabeza y mi corazón comienzan a asentarse nuevamente. Tomo una respiración profunda mientras la brisa fría baña mi rostro, aliviándome instantáneamente.

Me siento y miro a Laurie, que ahora se ríe y camina hacia mí.

—Eso fue tan aterrador, y la vez tan divertido —Se ríe, mientras se sienta en una silla al lado del sofá.

—Pensé que me iba a morir, ja, ja —Pero la risa se muestra un poco más débil de lo que esperaba.

Después de decidir que nunca más volveré a tomar drogas

en un país cálido, volvemos adentro para fingir que nada ha pasado. Mamá y papá regresan con varias bolsas de compras llenas de comida y alcohol y no podrían verse más emocionados por ello.

Papá va directo a la pequeña barbacoa de piedra que hay en un rincón del jardín y empieza a montar. Me siento en el sofá en el que antes casi me muero y miro hacia el jardín. Los hermosos cielos azules claros y el agua azul igualmente clara de la piscina luchan por nuestra atención, compitiendo entre sí en cuanto a cuál es el más azul, cuál es el más hermoso. No puedo decidir; ambos son tan entrañables.

Todos nos sentamos alrededor de la mesa de comedor exterior y comemos una de las mejores barbacoas que he tenido. Después de eso, todos nos relajamos un poco más antes de ducharnos y vestirnos para el partido de la Copa Mundial.

Laurie y yo caminamos delante de nuestros padres y nos reímos de la experiencia cercana a la muerte que tuve hoy.

—Honestamente, no sabía qué hacer, pensé que te estabas muriendo.

—Bueno, afortunadamente no lo hice, ya que eso habría sido difícil de explicar a mamá y papá —Me río.

Demasiado ocupados inmersos en una conversación, no nos dimos cuenta de que habíamos entrado directamente en medio de una rotonda con varios autos acercándose.

—Casi morir me ha dado tanta hambre. Me pregunto qué vamos a tener para cenar- ¡Oh Dios mío! ¡Estamos en medio de una rotonda! —Grito, con mis palabras entrelazándose hacia el final de mi declaración.

Ambas nos reímos de miedo, confusión, humor y muchos otros sustantivos mientras nos paramos en la isla cubierta de hierba esperando que pasen los autos.

Finalmente, nuestros padres nos alcanzan y ven a sus dos hijas adultas varadas en una isla de decepción en la rotonda.

Grito pidiendo ayuda con una voz débil y entrecortada para añadir un efecto cómico, y funciona porque papá sacude la cabeza y se ríe mirando hacia el suelo.

Decidimos cenar en el pequeño restaurante italiano justo al lado del bar británico antes de que comience el juego. Está vacío aparte de otra familia inglesa en una mesa larga en el otro extremo del restaurante. El mesero se acerca a la mesa para tomar nuestro pedido de bebidas. Papá pide una cerveza pequeña, mamá se queda con su fiel Bacardi y Coca-Cola, y yo con mi Malibu y Coca-Cola, y Laurie intenta pedir un Tequila Sunrise, excepto que el mesero no habla inglés y simplemente decide responder con un movimiento de cabeza e ignora su orden.

Tres bebidas llegan en una bandeja de plata llevada por el mismo mesero, un niño pequeño y flacucho con una de esas sonrisas al revés.

—Disculpe, también pedimos un Tequila Sunrise, amigo, ¿podría traerlo?

Solo mira a papá y parpadea un par de veces antes de susurrar:

—Mmm, sí —Y alejarse lentamente para hablar con un miembro mayor del personal detrás de la barra.

—¿Quién es Risitas? ¿Alguna vez ha oído hablar del servicio con una sonrisa? —Papá escupe irritado.

—Él estaba sonriendo, papá, pero al revés —Le explico.

La camarera mayor se acerca a la mesa y le pide a Laurie que le indique la bebida en el menú del restaurante, lo cual hace. La camarera lee el menú y al instante se da cuenta de lo que está pidiendo.

—¡OHHH! Ja, ja, sí, sí —Se ríe, antes de volver corriendo al bar para preparar el cóctel.

Finalmente conseguimos la bebida y mucho más de donde vino.

Me levanto y pido cuatro tragos de vodka con caramelo en el bar, y ella me mira como si estuviera loca.

—Vodka de caramelo —Repito.

—¿Eh? —Ella grita.

Señalo la botella de vodka de caramelo detrás de ella. Gira la cabeza noventa grados y se vuelve con una gran sonrisa en el rostro.

—¡Aah, vodka caramelo! —Ella se ríe, pone los ojos en blanco y me golpea en el brazo como si yo fuera una idiota.

—Ja, ja... Sí —Murmuro, con una sonrisa patética.

Una vez que comienza el fútbol, nos movemos para unirnos al resto de la ruidosa multitud inglesa.

Si le ganamos a Colombia, nos precipita a los cuartos de final, por lo que el ambiente es extremadamente tenso una vez que el juego termina 1-1, llevándonos a los penales.

Papá y yo estamos de pie en la parte trasera de la terraza exterior, hombro con hombro en un mar de camisetas de Inglaterra y pintura de cara roja y blanca. Miro a mi alrededor y veo gente encogiéndose detrás de sus manos porque no pueden soportar mirar.

El primero en lanzar un penalti es Radamel Falcao, con Jordan Pickford en la red. Anota con facilidad y la multitud parece perder toda esperanza por una fracción de segundo. El primero en lanzar un penalti para Inglaterra es Harry Kane, el héroe de la competición hasta el momento.

—¡No hay forma de que Kane pierda esto! —Le dice un muchacho a mi lado a su papá, mientras ambos caminan arriba y abajo de la terraza con pánico y ansiedad.

Afortunadamente, no falla, y lo estrella en la esquina inferior izquierda de la portería y toda la barra se vuelve loca, incluido el personal. Pero es de corta duración, ya que Johan Mojica ejecuta el segundo penalti de Colombia y se eleva justo en la esquina superior. Marcus Rashford se acerca a la marca y papá me dice algo acerca de estar condenado, pero no estoy escuchando, estoy demasiado absorta en la tensión que se desarrolla en la pantalla frente a nosotros. Nos provoca a todos esquivando el balón antes de acercarse a él, y el balón vuela de forma similar al penalti de Kane. El arquero estuvo muy cerca de hacer contacto con el balón, pero no lo logra y la multitud lo vitorea de nuevo, saltando y agarrando a cualquiera que esté lo suficientemente cerca para que podamos alcanzarlo.

El siguiente jugador colombiano marca su penalti, creando un ambiente tan lleno de tensión que podrías cortarlo con una cuchara. El siguiente para Inglaterra es el jugador del Liverpool Jordan Henderson, a quien papá y yo conocemos muy bien. Ambos expresamos nuestro descontento el uno al otro, y algunos miembros de la multitud tienen reacciones similares. El portero lee sus movimientos y salta y ataja el tiro. Mi corazón se hunde en mi estómago y descanso mis manos en la parte posterior de mi cabeza.

—Se acabó —Gime un hombre, pero todos lo piensan.

No hay esperanza para nadie en este momento. Nuestras posturas rígidas se vuelven más relajadas a medida que lidiamos con la idea de perder la tanda de penaltis. Pero la consternación es de corta duración cuando Pickford salva el siguiente tiro, y nuevamente, la multitud se anima y el hombre a mi lado me lanza al aire y una vez que aterrizo en el suelo, agarro a mi papá y lo abrazo, mientras él golpea el aire y salta alrededor. El siguiente jugador colombiano falla, y la multitud se acomoda después de otro arrebato emocional para ver al último jugador de Inglaterra hacer su tiro. Si marca, Inglaterra estará en los cuartos de final de la Copa del Mundo.

Cierro los ojos por un momento y rezo para que marque, necesitamos toda la ayuda que podamos obtener. Como en una vieja película del Oeste, los dos futbolistas se paran uno frente al otro, tratando de intimidarse. Da unos pasos lentos hacia el balón y este viaja directamente hacia la esquina inferior izquierda, con el portero lejos de alcanzarlo.

La multitud explota en una furia de aclamaciones, gritos, cantos y lágrimas, mientras «It's Coming Home» comienza a sonar en los altavoces circundantes. No puedo recordar la última vez que me sentí tan aliviada y emocionada, y estoy segura de que todos los demás sienten algo similar. Caminamos de regreso a la mesa para unirnos a mamá y Laurie, y todos hablamos sobre lo emocionante que fue toda la experiencia y tomamos algunas copas más.

Alrededor de las once, mamá y papá deciden volver a la villa, pero Laurie y yo decidimos quedarnos un rato fuera, para celebrar, por supuesto.

La música sigue sonando en el bar, pero la multitud se ha reducido considerablemente. Me siento en una pequeña mesa redonda mientras Laurie trae las bebidas.

Miro alrededor de la barra, observo los diferentes tipos de personas aquí y me pregunto cómo se sienten en este momento. Una chica de mi edad llama mi atención. Está sentada sola en una mesa, igual que yo, excepto que su madre, un poco borracha, se acerca y trata de hacerla bailar, agarrándola por las muñecas y pasándole los brazos por encima de la cabeza. Me río, y ella me mira y pone los ojos en blanco, riéndose también. Una vez que su madre la deja, ella se acerca a mí.

—¿Te gustaría venir por un cigarrillo? —Ella se apoya en el respaldo de la silla frente a mí y pregunta con lo que yo describiría como un acento de Essex muy fuerte.

No puedo dejar a Laurie aquí sin decirle adónde he ido, además no me gustaría perderme una bebida gratis.

—Sí, claro, ¿por qué no te sientas un momento? Mi hermana acaba ir a buscar unas copas —propongo, y ella acepta mi oferta.

—Soy Carly —Ella se presenta, con su acento sureño alargando cada sílaba.

—Encantada de conocerte, soy Flic. Y esta es mi hermana mayor, Laurie —La señalo mientras deja dos daiquiris de fresa y dos Guinness pequeñas sobre la mesa.

Ambas dicen:

—Hola —Y Carly se vuelve a presentar a Laurie.

Hablamos un rato. Carly nos cuenta que lleva meses aquí, trabajando en un restaurante indio, y su hermana trabaja aquí en el bar. También nos habla de un chico español al que ha invitado a salir esta noche. Él trabaja en la playa y ella lo conoció a través de amigos.

—Sí, es realmente incómodo, ¡no pensé que en realidad vendría! —Ella se ríe tímidamente.

—Bueno, estamos bastante enojadas, ¡así que lo haremos menos incómodo! —Laurie trata de tranquilizarla.

—O hacerlo aún más incómodo —Agrego, a lo que todos nos reímos y estamos de acuerdo.

Le deben haber ardido las orejas porque sale a la terraza justo cuando terminamos de hablar de él. Le da un abrazo a Carly y nos saluda a Laurie y a mí, presentándose como «Juan».

Le decimos que acerque una silla, lo cual hace. Nos sentamos allí toda la noche, bebiendo, riendo y contándonos nuestras historias personales como si todos hubiéramos sido amigos durante años.

Carly hace algunas bromas sobre lesbianas y gays, obviamente sin darse cuenta de que Laurie es lesbiana. Nos reímos de sus bromas y hacemos contacto visual astuto, lo que nos hace reír aún más, como niños traviesos en la escuela.

Juan nos cuenta cómo se enteró de que su hermano era gay.

—Lo estaba visitando, en un lugar no muy lejos de Manchester, donde vive. Este... ¡Bolton! —Recuerda—. Estaba en la cocina, cocinando, y bailaba canciones de pepul como, este, Kati Perri y Ladi Gaga.

Carly se vuelve hacia mí.

—¡KATI PERRI! ¡Jajaja! —Ella aúlla. Yo me rio, con intervalos de callarla cuando ella comienza a reír más fuerte.

Afortunadamente, Juan no sabe por qué nos reímos y no se lo contamos. Cambio de tema preguntándole cómo se llama su hermano.

—Pepe —Pronuncia, con su fuerte acento español.

Inmediatamente, Laurie comienza a reír.

—¡Podría haberlo adivinado! ¡Ja, ja, esos son los dos nombres más españoles de la historia! ¡Juan y Pepe! se las arregla para jadear, entre risas sin aliento.

Todos nos echamos a reír, incluso Juan, llegando a estar de acuerdo con ella también.

—Me gusta tu camisa de mierda, por cierto, ¿dónde la conseguiste? —Carly llama a Laurie.

—Bueno, ¿te gusta, o es una mierda? —Laurie se ríe.

—No, ya sabes a lo que me refiero. Se llama camiseta de mierda, pero algunas camisetas de mierda son bonitas —Explica.

—¿No llamarías a eso una linda camisa? —Hago la acotación, confundida.

Ella cava un hoyo aún más profundo al llamarlos camisas de mierda lesbianas, pero eso solo nos hace reír más.

Están llegando alrededor de las 3 a.m. ahora y la fiesta comienza a disminuir. La madre de Carly se acerca a la mesa y empieza a hablarnos.

—¿Han tenido todos una buena noche? —Pregunta ella, un poco arrastrando las palabras, en esa forma de mamá borracha.

—Sí, ha sido buena, gracias —O algo por el estilo, es murmurado por todos nosotros, con grandes sonrisas de borracho pegadas en nuestras caritas felices.

Después de unos momentos de charlar con nosotros, se hace evidente que la madre de Carly está empezando a avergonzarla. Ella comienza a tratar de hacer que se vaya, lo que me preocupa si estallará una discusión en algún momento. El ambiente se vuelve un poco tenso cuando los comentarios comienzan a ponerse un poco maliciosos.

—¡No me hables así, soy tu madre! —Ella exige, pero no en un tono negativo.

Y si tuviera que pensar en una respuesta perfecta a esa afirmación, es con la que Carly nos sorprendió a todos. Con su levemente idiota acento de Essex, ella responde:

—Lo sé, mamá, salí de tu vagina.

La risa sale con fuerza de nuestras bocas mientras la escena termina con la boca abierta de asombro de su madre.

Parece que nos reímos durante horas, pero probablemente solo fueron alrededor de quince minutos. Lo cual, si lo piensas bien, todavía es mucho tiempo para reírse. Es seguro decir que nunca antes me había reído tanto con completos extraños.

Cuando llegan las cuatro, decidimos regresar a la villa. Nos despedimos de nuestros nuevos conocidos y emprendemos el largo camino de regreso a casa. El cielo se está volviendo más brillante, los restos del oscuro cielo nocturno se desvanecen lentamente, permitiendo que los rayos del sol se eleven a la vista. El camino por el que caminamos es largo y recto, el pavimento es el clásico rectángulo de baldosas de color rojo rosado, que corre junto a un parche de manglares gigantes. Filas de pequeñas y pintorescas villas, que parecen algo que verías en una película de piratas, se sientan pacíficamente al otro lado de la carretera.

En la distancia, veo el Little Red Land Train que lleva a los turistas ansiosos por la ciudad para hacer un poco de turismo.

—¿Crees que está desbloqueado? —Le pregunto a Laurie, incitándola a pensar en la misma longitud de onda que yo.

Ella sonríe.

—Tal vez.

Me acerco al primer vagón del tren y tiro hacia abajo de la pequeña manija plateada. Tiro de la puerta y se abre sin necesidad de fuerza. Hago que Laurie me tome una foto dentro del tren. Trepo y me encierro. Saco la cabeza por la pequeña abertura sin ventanas en el centro de la puerta y muevo la cara de «sonrisa al revés».

—¡Te tomaré una ahora! —Pronuncio con entusiasmo y cambiamos de lugar. Ella se sube al carruaje mientras yo estoy en la acera, cámara en mano.

En la imagen de Laurie, ella se sienta con el cuerpo mirando hacia adelante y la cabeza vuelta hacia la cámara. Una sonrisa casual y tonta y ojos apenas abiertos es la mirada que ha decidido buscar.

Tomo la foto, tratando de mantenerla firme sobre mi risa y falta de balance.

—Entremos las dos ahora —Pronuncio una vez más. Me siento unas filas detrás de Laurie y poso para la foto. Volvemos a reír, antes de bajarnos y continuar nuestro paseo.

Solo nos toma alrededor de diez minutos encontrar algo nuevo con lo que jugar. Un cisne inflable gigante, sentado en el jardín delantero de una de las villas en la calle.

—¡Tómate una foto con eso! —Laurie se ríe, entrando en el espíritu de las cosas ahora.

Ambas nos turnamos para sentarnos en el cisne, lo cual fue desafortunado ya que los aspersores habían estado encendidos poco antes de que apareciéramos. Aunque debo reconocer que la sensación del agua fría sobre mi piel me despertó un poco. Intentamos silenciar nuestra risa, para no despertar a los dueños del cisne en el que estamos ahora sentadas, tomándonos fotos. Después de haber tomado las fotos, continuamos nuestra caminata. Sigo adelante, jugando con mi teléfono y tratando de concentrarme en caminar en línea recta, y Laurie me sigue. No me toma mucho tiempo el darme cuenta del constante sonido de raspado que nos siguió durante el viaje de cinco minutos hasta la colina y alrededor de la calle en la que se encuentra nuestra villa. Me doy la vuelta y veo a Laurie riéndose y arrastrando el gigante cisne inflable detrás de ella. Definitivamente no estoy en el estado de ánimo para tomar en serio esta situación, así que me río y continúo con normalidad.

Llegamos a casa y Laurie arroja el cisne a la piscina y me sigue adentro, donde vamos directamente a nuestra habitación y nos vamos a dormir.

A la mañana siguiente, me despierto y la habitación da vueltas. Laurie sigue dormida a mi lado y empiezo a entrar en pánico por la sensación de vértigo. Intento beber un poco de agua, pero no hace ninguna diferencia. Cierro los ojos y me las arreglo para contener lo inevitable durante alrededor de media hora antes de que no pueda más. Necesito vomitar.

Me levanto de la cama y justo cuando paso por el arco que conduce a la sala de estar de planta abierta, mamá se da la vuelta y me ve. Le sonrío, pero justo cuando lo hago, me atraganto también, me llevo la mano a la boca y me inclino un poco, antes de salir corriendo al baño para vomitar. Una vez que he terminado, me dejo caer en el gran sofá de la sala de estar y mamá me pasa una botella de agua.

—¿A qué hora llegaron anoche? —Ella pregunta.

—Creo que alrededor de las cuatro y media —respondo, realmente no estoy segura de si esa es la hora correcta o no.

—Eso lo explica —dice, levantando las cejas hacia mí y dándose la vuelta.

Pero esto no se siente como una resaca. La habitación ya no da vueltas, mi estómago no está inquieto, simplemente no puedo dejar de vomitar. Todo mi cuerpo me duele por la fatiga, mis ojos comienzan a picar y lagrimear mientras siento que mi cara se calienta. Me levanto para encender el aire acondicionado, pero antes de llegar, necesito desesperadamente parar en el baño primero.

Mientras todos los demás deciden qué van a hacer para el almuerzo, prefiero pensar en otra cosa que no sea comida. En lo que elijo pensar es en mis amigos en casa (principalmente Len) y lo emocionada que estoy por las vacaciones de verano. Pienso en ese día en la universidad hace unas pocas semanas; Jenk y yo estamos sentados en un pequeño patio de juegos en medio de una urbanización que parece sacada de una película familiar estadounidense con clase y estamos hablando de Tenacious Toes y su gira mundial actual.

—Van a estar en Londres en julio, ¡podríamos ir a verlos! —Jenk delira y me pasa su teléfono para que mire la lista de fechas y países.

—O... podríamos ir a verlos a Ámsterdam. Sería el mismo precio volar hasta allí que tomar el tren a Londres... Pero sería más divertido en Ámsterdam —Sonrío, levantando una ceja en un intento de que esté de acuerdo con mi idea.

Lo piensa un momento, luego:

—Lo pondré en el chat grupal cuando regresemos a la universidad.

—¡Sí! —Grito, levantando mis brazos en el aire—. Esto va a ser tan bueno, Jenk. ¡Dios mío, ya no puedo esperar!

—Aún no hemos tomado una decisión, Flic —Él interrumpió.

—Nosotros vamos a ir, Jenk. Tiene que pasar —Insisto

Y unos días después, nuestros vuelos a Ámsterdam estaban

reservados y nuestras entradas para conciertos estaban listas para imprimir.

Pero este hermoso recuerdo es interrumpido por mi papá entrando a la habitación y diciéndome que van a almorzar al pueblo y me pregunta si me gustaría ir con ellos. Me niego, no me siento bien ni tengo suficiente hambre para ir. Me despido de todos y los veo salir por la pequeña puerta de entrada, antes de recostarme en el sofá y mirar el techo.

Pasa una hora más o menos y todavía estoy en la misma posición que antes. Mi estómago comienza a rugir ahora, y decido que probablemente sea mejor si como. Me acerco a la cocina y pongo un trozo de pan en la tostadora. Después de deslizar el mango hacia abajo y ver cómo el interior de la tostadora comienza a brillar, me recuesto en la encimera y respiro profundamente. Pero no ayuda, porque al instante siento una oleada de escalofríos por todo el cuerpo. Sé lo que es ese sentimiento. Camino directamente al baño, dejando que la tostada se salga sola cuando esté lista. Tengo el tiempo justo para atarme el pelo antes de que empiece a vomitar de nuevo. Como no he comido en todo el día, no tengo nada que vomitar y me duele la garganta.

Toda esta saga se interrumpe abruptamente por el sonido de una alarma justo afuera de la puerta.

Me las arreglo para dejar de vomitar por un momento. Me lavo las manos y me limpio la cara y salgo corriendo por la puerta. La cocina/sala de estar de planta abierta está llena de un espeso humo gris. Por un segundo, creo que la villa está ardiendo en alguna parte, hasta que recuerdo el brindis. Corro a la cocina y veo el humo saliendo de la parte superior de la tostadora. Lo apago en la pared y una tostada de carbón sale volando y golpea la encimera. Agarro un periódico y empiezo a agitarlo debajo de la alarma y finalmente se apaga, después de unos veinte segundos de agitar frenéticamente el periódico alrededor de mi cabeza.

Abro la ventana de la cocina y vuelvo al baño para continuar donde lo dejé. Nuevamente, me inclino sobre el inodoro y empiezo a vomitar nada. ¡Increíblemente, la puta alarma de humo vuelve a sonar y tengo que parar a mitad de camino para volver a la cocina y balancear el periódico alrededor de mi cabeza otra vez! Pero afortunadamente, esa es la última vez que suena y me derrumbo en el sofá una vez que termino en el baño.

No mucho después, la familia regresa a casa.

—¿Algo se ha estado quemando? —Papá pregunta.

Durante el resto de las vacaciones, sigo vomitando o conteniendo el vómito constantemente, pero eso no me impide disfrutar el tiempo con mi familia. Estamos flotando en la piscina mientras papá nada mucho, escuchando al detestable padre que se queda en la casa de al lado y se ríe de las cosas que dice.

—¿Alguna vez has escuchado a papá decir «Oh Dios»? ¡Lo dice todo el tiempo! —Me río cuando les digo a mamá y Laurie —: Le estaba contando un chiste oscuro el otro día y lo dijo. Claramente, no lo encontró divertido.

—¡Lo he escuchado antes! —Laurie confirma, casi llorando de la risa al recordarlo.

Papá decide salir al borde de la piscina para tomar el sol y secarse. Mientras se empuja fuera de la piscina, el agua sale por el pequeño agujero en el bolsillo trasero de su traje de baño.

—Papá, ¿acabas de orinar en la piscina? —Laurie bromea, a lo que él se ríe y dice:

—¡No!

—¡Parece el expulsar de una ballena, BRR! —Mamá grita, fingiendo vomitar al final de su oración.

—¡Oh Dios, Mandy! —Él responde, poniendo una cara de disgusto hacia ella mientras camina alrededor de la piscina.

Esto desencadena una serie de «¡OH DIOS!» de mamá, Laurie y yo, ya que casi nos ahogamos de tanto reír. Papá simplemente niega con la cabeza y trata de no reírse.

De regreso a casa en Inglaterra, mi condición no es mejor; de hecho, desde entonces ha empeorado ya que estoy perdiendo peso rápidamente debido a la pérdida de apetito y no puedo retener nada. Hago una cita con mi médico y mientras me siento en la sala de espera, no puedo evitar preguntarme cuáles son algunas de las posibilidades. ¿Es solo un virus estomacal? ¿Comida envenenada? Supongo que para eso es lo que estoy aquí, para averiguar.

Me llaman a su habitación donde luego me hace algunas preguntas sobre cómo me siento, y luego procede a hacerme pruebas y examinarme. Vuelvo más tarde en la semana para averiguar mis resultados. Mientras me siento en la silla de madera torcida frente a él, entrelaza sus dedos sobre su escritorio. Los miro y reconozco mis propias manos sudorosas y temblorosas.

—Esto va a ser difícil de escuchar para ti... —Comienza.

Y así, este es mi último año en la Tierra. Mejor que sea bueno.

DIEZ DÍAS ANTES:

LA AVENTURA DE LA BELLEZA NEGRA

E l semestre de verano, y específicamente la semana de exámenes, ya está en marcha en la universidad. Mi despertador está puesto a las ocho, el tiempo justo para arreglarme y llegar a la universidad a las nueve y media.

Mientras me doy la vuelta sobre mi espalda después de apagar la alarma, miro alrededor de mi habitación para facilitarme mi rutina matutina soñolienta. Mis ojos recorren los cientos de fotografías que cubren mis paredes, deteniéndose en mi foto favorita de Laurie y yo, cuando éramos más jóvenes. Yo era solo una bebé cuando se tomó la foto, pero Laurie todavía tiene un brazo protector de hermana mayor descansando suavemente sobre mi pequeño cuerpo. Mirarla me hace sonreír, con la presunción de tener la mejor hermana del mundo. Ver todas estas fotos de mis seres queridos me hace apreciar lo importante que es aprovechar al máximo tu vida, que es exactamente lo que planeo hacer.

Cuando miro hacia la ventana, protegida por las nuevas persianas blancas de cordón, veo la luz del sol que se derrama por los costados, lo que me da ganas de prepararme y disfrutar del viaje a la universidad. Abro las puertas de mi guardarropa y reflexiono sobre cuál de mis muchas camisas coloridas me pondré hoy. Me decido por una camisa hawaiana muy sensata, de color rojo vivo, cubierta de grandes hojas azules y verdes, cerrada con botoncitos marrones de madera. Combino esto con un par de jeans azules, que tienen más agujeros que la tela real. Hago todo lo demás que tengo que hacer antes de bajar las escaleras.

Mi papá está sentado en su escritorio, de espaldas a la puerta.

—¿Todo bien, Flic?

—Segura de que estoy en esta gloriosa mañana de verano, padre. ¿Cómo estás? —Canto con mi voz más alegre, este estado de ánimo alegre es un sentimiento genuino.

—Estoy bien.

Eso parece ser todo lo que obtendré de él esta mañana, y dice mucho, así que tomo la inteligente decisión de evitarlo hasta que decida animarse. Cuándo será eso, nunca lo sabré. Salgo y me subo a mi auto, Belleza Negra, enciendo el motor y conecto mi teléfono a los parlantes. Por supuesto, puse mi lista de reproducción Tenacious Toes. Bajo la ventana y salgo pongo atrás.

Esperando al frente de la fila en un semáforo en el centro de la ciudad, el sol comienza a calentar mi auto a la temperatura perfecta y siento su calor en mi piel, enfriada de vez en cuando por la suave brisa que entra por la ventana. El solo de guitarra hawaiano de la canción de TT suena a todo volumen. Cierro los ojos y respiro profundamente mientras me deleito en este momento de pura felicidad.

Me siento allí por un momento, relajada y disfrutando de la vida.

Hasta que me interrumpe bruscamente el sonido de las bocinas de un auto y una voz masculina enojada.

—¡Muévete! —Escucho que me gritan por la ventana del auto detrás de mí. La luz está en verde.

Me quito el freno de mano y empiezo a arrancar. Levanto la mano para señalar «lo siento» al hombre que gritó. A medida que me alejo, algunos de mis dedos extendidos comienzan a doblarse, dejando solo mi dedo medio en posición firme. Qué grosera.

—¡Oye! —Lo escucho balbucear a través de la bocanada de humo que acaba de tragar de la goma quemada de mis llantas.

No puedo evitar reírme mientras creo más y más distancia entre el hombre y yo, que ahora parece tener un hacha para trabajar conmigo.

Pronto dejo de reír cuando me acerco al siguiente semáforo. En rojo.

Por un segundo, contemplo si debo conducir a través del tráfico que cruza, al estilo 007, pero llego a la conclusión de que preferiría no morir hoy, así que me detengo cansada y vuelvo a poner el freno de mano. Miro por mi espejo retrovisor y veo al hombre saliendo de su auto.

—Por supuesto, es un BMW —digo en voz alta, medio esperando que pueda oírme.

—¡Estás fuera de servicio, niña! —Ladra, señalando con un dedo gordo y engreído en mi cara, pero luego, al igual que el milagro de convertir el agua en vino, la luz se vuelve verde.

Sonrío con una gran sonrisa descarada y me vuelvo hacia el hombre, que ahora está apoyado en mi ventana.

—¡Será mejor que te muevas, compañero! —Le digo feliz.

Le quito el freno de mano, le guiño un ojo al hombre de negocios que se está quedando calvo, quien supongo que es bastante respetado y temido en su lugar de trabajo, y corro a la Belleza Negra fuera de la línea de salida y a lo lejos.

No puedo evitar reírme de él otra vez, mientras regresa a tientas a su auto, con una larga fila de pasajeros enojados que llegan tarde al trabajo detrás de él, pitando e insultándolo desde las ventanas de sus autos. ¡Si tan solo sus colegas pudieran verlo ahora!

Aparco mi coche en un pequeño estacionamiento, a la vuelta de la esquina de los edificios de la universidad. Miro a mi derecha mientras me alisto para irme y veo que estoy estacionado al lado de un auto que pertenece a una chica de la que soy amiga, que está en mi primera lección del día, Drama. Baja la ventanilla y me hace señas para que me suba rápidamente en su asiento del lado del pasajero. Yo acepto la invitación.

—¿Todo bien, Holly?

—¡Mira lo que tengo! —Ella insiste.

Saca un porro pre enrollado de un pequeño compartimento debajo del volante.

—Se lo compré a un tipo en la ciudad anoche —Me explica, emocionada.

—¿Sabes lo que hay dentro de él? —Pregunto.

—Bueno, obviamente hierba, Flic.

Parece bastante molesta porque la cuestioné sobre esto, así que decido bajarme del auto y dejarla que haga lo que quiera.

—Voy a fumarlo con Emma el lunes, antes de Drama. ¡Va a ser muy divertido! —Ya se estaba riendo de la idea.

Lo vuelve a poner en el compartimento debajo del volante y caminamos juntas a nuestra lección.

La lección transcurre sin incidentes, solo hablamos sobre la preparación del examen, y nuestra profesora nos deja algunos deberes para crear un monólogo dramático para la lección del lunes. Observo el reloj mientras ella le habla a la clase, deseando que se vaya el tiempo porque sé que, después de esto, Jenk, Len y yo iremos al campo a fumar un poco de hierba que nos sobró de la otra noche. Javan se lo pierde, ya que no se le ve por ningún lado en la universidad hoy.

Me encuentro con Jenk y Len en la entrada principal y caminamos por el largo camino que sale de la universidad hacia las puertas principales. Nos sentamos en un campo detrás del estacionamiento y comenzamos a armar los pitillos mientras escuchamos a TT y hablamos de lo emocionados que estamos por ir a verlos en Ámsterdam.

Nos fumamos el porro en dos pasadas, ya que estamos cortos de tiempo.

—¿Le gustaría a alguno de ustedes hacer algo más... Extremo? —Jenk plantea la idea, contrayéndose un poco, considerando cómo podríamos reaccionar.

—¿Qué, como paracaidismo? En realidad, no —digo, frunciendo el ceño y sacudiendo la cabeza mientras le paso el porro a Len, quien se ríe de mi broma.

—No, me refiero a las drogas —Se ríe Jenk.

—¿Por qué, qué tienes? —Len pregunta, de repente muy interesado.

—¡Hongos! Solo para ponernos de humor para Ámsterdam —Proclama.

Todos sonreímos y levantamos las cejas el uno al otro.

Jenk dice que arreglará algo durante unos días, ya que no queremos alcanzar el punto máximo demasiado pronto.

Comenzamos a caminar de regreso a la universidad, el calor del sol y la falta de aire hacen que nuestro subidón sea aún mayor. Antes de que nos demos cuenta, estamos completamente drogados. Caminamos de nuevo por el largo tramo de carretera recta hacia la universidad. A través de mis ataques de risa, me doy cuenta de que el edificio de la universidad no se acerca más. Me miro los pies, solo para comprobar que realmente estoy caminando. Definitivamente se ven como si estuviera caminando. Miro hacia la universidad de nuevo y me siento mal cuando mi mente imagina que la universidad se aleja de mí, como si mis ojos fueran lentes de cámara, intentando hacer mi vida más cinematográfica.

No, gracias.

Dejo de caminar y pongo las manos en las rodillas, sintiéndome enferma y gimiendo de confusión y vértigo, con pequeñas risitas en el medio. Miro hacia arriba para encontrar a mis amigos. Ambos están sentados en la acera en un estado aún peor que yo. Lo cual, por supuesto, me lanza a otro ataque de risa.

Nos separamos de Len cuando entramos en el edificio y Jenk y yo entramos en nuestra clase de medios y nos sentamos en nuestros asientos. Nuestro compañero Ciggsy entra con su computadora portátil y se sienta en el asiento entre Jenk y yo. Es muy pequeño, muy gordo y muy pelirrojo, pero es una de las personas más agradables que conocerás, a pesar de tener el sentido del humor más oscuro que haya existido.

—Está bien —Sonríe—, ¿dónde está Ollie?

Ollie es una de esas personas en la escuela que estás seguro de que es un asesino en serie. Camina por los edificios examinando todo y siempre tiene su mochila pesada y voluminosa a su lado (tienes que estar en forma para llevar una gran variedad de armas así todo el día). Es muy callado e inquietante hablar con él. Tiene el pelo corto y rojizo, ojos azules constantemente fruncidos que se clavan en un lado de tu cabeza mientras no miras, y una gabardina verde larga en la que esconde todas sus armas adicionales.

—Solo deshaciéndome de su última víctima, estará aquí pronto —Respondo.

Nuestra profesora, Gilbert, entra y nos informa sobre la descripción general de la lección. Todo lo que tenemos que hacer es completar una hoja con información sobre las películas que hemos visto. Justo cuando ella está terminando, Ollie entra en el aula y todo el mundo se queda en silencio.

—¿Por qué llegas tarde? —Gilbert le pregunta, severamente al principio.

—Simplemente estoy —dice, en un tono muy pasivo agresivo, girando lentamente el cuello y mirándola amenazadoramente.

—Está bien —Ella se estremece cuando él se va a sentar.

Empezamos a llenar la hoja, Jenk, Ciggsy y yo trabajamos juntos para terminarla.

Pasamos a una película mexicana sobre dos muchachos que llevan a una mujer de viaje a una playa inexistente, mientras ambos luchan por conseguir el polvo. Al final acaban montando un trío y nunca más vuelven a hablarse.

—¡Definitivamente tienes una erección viendo eso! —Jenk le dice a Ciggsy.

—No, no la tuve —Sacude la cabeza, riéndose mientras lo hace.

—Lo hiciste, para ser justos —Me uno a la broma.

—¡No, *lo hice*! —Repite, con énfasis extra.

Solo nos reímos, sabiendo que realmente lo hizo.

Después de un tiempo, nos aburrimos de llenar la hoja y Ollie se fue para ir al baño, así que, naturalmente, comenzamos a bromear sobre él.

—Apuesto a que solo come ensalada de col pura en cada comida. Esa es la comida del asesino en serie —Reconoce Ciggsy.

—¿Sabes cuando tuve que ir a su casa a grabar nuestro cortometraje? —Empiezo—. Bueno, no nos dejaba entrar a la casa, ni siquiera al pasillo. Probablemente porque la casa está llena de cadáveres y ensalada de col.

—Puedo verlo ahora. Apareces en su casa y él dice: «Vamos a grabar en el sótano» y abre la puerta chirriante para revelar una escalera oscura que baja. Él hace que ustedes vayan primero y una vez que están todos dentro, cierra la puerta con llave. Y cuando enciendes las luces, hay ensalada de col por todas las paredes —Imagina Ciggsy.

—¿Has visto esa bolsa de ensalada de col que lleva para su almuerzo? —Jenk pregunta.

—Sí, ni siquiera usa un tenedor, solo se lo come con las manos —Sigo.

Pero tenemos que parar ya que Ollie regresa a la mesa.

Incluso cuando está sentado allí, Ciggsy prueba su suerte contando historias relacionadas con la ensalada de col frente a él; no es como si supiera que se trataba de él, a menos que Cig cometiera un error y usara su nombre en uno de los chistes:

—Un gran puñado de ensalada de col y Ollie se la come con la mano —Se detiene, atónito por el grave error que acaba de cometer.

Ollie mira hacia arriba y sus manos se deslizan debajo de la mesa.

—¿Está alcanzando su arma o su ensalada de col? —Yo susurro.

La tensión es interrumpida por Gilbert dirigiéndose a la clase.

—Bien, para la segunda mitad de la lección vamos a ver sus cortometrajes y a completar un formulario de comentarios para todos ellos. Veremos el Grupo Uno primero —Levanta la voz.

Ciggsy se vuelve hacia mí con una mirada preocupada pero divertida en su rostro.

—¡Oh, no! —Él ríe.

Él está en el Grupo Uno y le pregunto qué le pasa, pero no puedo escuchar lo que susurra en respuesta, y justo cuando voy a pedirle que repita lo que dijo, comienza el cortometraje y Gilbert nos hace callar a todos.

Aproximadamente un minuto después de la película de Ciggsy, recuerdo que hace unos meses me pidió que grabara un audio para la película. Me pidió que gritara el nombre de un niño y dijera que la cena estaba lista. De repente, recuerdo el nombre que elegí. Ollie.

Toco a Ciggsy en el brazo y le susurro:

—Ahora sé lo que te preocupaba. Definitivamente nos va a matar esta vez.

A estas alturas, Jenk también se ha dado cuenta de que mi cameo aparecerá pronto.

—¡Ollie, la cena está lista! —Una voz, que es claramente la mía, resuena en el salón de clases.

Pongo mi mano sobre mi boca lentamente y miro a Ciggsy y Jenk quienes están reaccionando de la misma manera, antes de escanear la habitación. Todo el mundo mira en nuestra dirección con expresión preocupada, incluso Gilbert. Todo el mundo está atónito hasta el silencio mientras esperan ver la reacción de Ollie. Su cabeza gira lentamente hacia mí. Sus ojos azules malhumorados y rastreros miran profundamente en mi alma mientras yo solo le devuelvo la mirada, alimentada con la adrenalina de una experiencia cercana a la muerte.

Afortunadamente, simplemente se da la vuelta para ver el resto de la película, y todos los demás en la clase parecen relajarse y volver a mirar la pantalla también. Tengo mucha suerte de estar viva, por ahora.

Llego a casa y hace mucho que la hierba se ha desvanecido. Me siento en la sala de estar con mi familia y todos nos preguntamos cómo han sido nuestros días mientras miramos parcialmente un programa de preguntas en la televisión.

Les cuento mi calvario con el BMW y Laurie lo encuentra divertido.

—¡No puedo creer que hayas hecho eso! —Ella bromea.

Su sorpresa nos hace reír tanto a mí como a mamá.

Nuestro padre, que estaba demasiado ocupado respondiendo preguntas en la tele, nos vuelve a preguntar de qué nos reímos todos. Mamá le cuenta la historia esta vez mientras Laurie y yo nos sentamos juntas y nos reímos mientras repasamos la situación una vez más.

—Oh Dios, Flic —Escupe disgustado de que su querida hija pudiera hacer tal cosa.

Empiezo a burlarme de él por tomarlo tan en serio.

—¡Oh Dios, Flic! —Repito, sacando mi mejor cara de disgusto, mirándolo de arriba abajo con decepción.

Comenzamos a reírnos de nuevo e incluso papá emite una risita renuente cuando me llama descarada.

A eso de las once subo a la cama. Veo algo de televisión antes de irme a dormir.

A las 3:00 am, mis ojos se abren de par en par en una amplia mirada. Miro el techo y me doy cuenta de que no puedo mover los brazos ni las piernas. Empiezo a entrar en pánico. Lo único que puedo hacer es inclinar la cabeza hacia un lado, para mirar mi puerta ligeramente abierta.

Por un momento, no pasa nada. Luego, lentamente, una mano negra como una sombra se desliza hacia la pared desde detrás de la puerta.

Lo que sigue es una entidad larga y delgada. Todo negro, con dos puntos blancos por ojos y una amplia sonrisa blanca.

Y todo lo que puedo hacer es ver cómo se desliza de la pared y se desliza por el suelo, fuera de la vista.

Giro la cabeza hacia atrás para mirar al techo en un intento de alejarme de la horrible visión. Pero cuando miro hacia arriba, está ahí.

Su cabeza está al revés de su cuerpo, aun mostrando la misma sonrisa psicótica. Sus dedos largos y negros están estirados, aferrándose al techo. Se arrastra hasta la pared por encima de la cabecera de mi cama. Arrastrándose tan cerca que nuestras caras casi se tocan. Intento desesperadamente moverme, gritar, pero no puedo hacer nada.

Después de lo que parece una eternidad, mi cuerpo se da la vuelta y sale volando de la cama hacia la puerta. Me paro junto al interruptor de la luz y miro una vez más al ser sombrío. Es tan fácil de ver. Está sobre sus manos y rodillas, agachado verticalmente sobre mi cama y su rostro se rompe a la velocidad de un rayo para mirarme con su sonrisa amenazadora por última vez, burlándose de mí. Prendo la luz y desaparece.

Controlo los latidos de mi corazón y mi respiración antes de apagar la luz y volver a la cama.

Parece que mi parálisis del sueño ha vuelto.

SIETE DÍAS ANTES:
¿LO CREERÍAS?

L unes por la mañana. Mi alarma hace sonar su enfermiza melodía a las siete en punto esta vez.

Mi fin de semana consistió en la rutina de siempre, salir con Laurie por la tarde y juntas fumar un poco de hierba, ir a trabajar hasta la medianoche y luego salir con los muchachos y fumar un poco más.

Acostada aquí pensando en estos buenos tiempos me incita a enviarle un mensaje de texto a Jenk.

Muy bien, amigo, ¿te gustaría traer un poco de hierba esta mañana? ¡Podría hacer nuestro lunes un poco más llevadero!

Él está de acuerdo y dice que se reunirá conmigo en el estacionamiento de nuevo.

EPQ es mi única lección real del día, y comenzamos a ver nuestras presentaciones en clase para coincidir con el mes de exámenes. Yo presento el mío el viernes y me siento bien.

Me ducho, me visto y les doy los buenos días a todos los miembros de la familia presentes, antes de dar marcha atrás y tomar la misma ruta hacia la universidad. Ningún conductor de BMW enojado hoy.

Llego al estacionamiento y Jenk ya me está esperando. Veo el auto de Holly y recuerdo que ella también hará lo mismo que nosotros hoy. Nos sentamos de nuevo en el campo detrás del aparcamiento y Jenk saca un porro que ya ha preparado. También usó algunas sobras del domingo, por lo que el porro es aún más grande de lo habitual.

—¡Ese es un cigarro gordo! —Yo grito.

Ambos nos reímos, recordando el momento en que un viejo amigo de la escuela se unió a nosotros en el banco y nos presentó el nuevo vocabulario.

Lo fumamos entre los dos, por lo que solo llegamos cinco minutos tarde a nuestras lecciones.

Le digo «adiós» a Jenk y entro al edificio donde está mi clase. El aire acondicionado está dañado en el edificio y en todo el pasillo hace un calor sofocante. Empiezo a sentirme mareada, ya que el calor y la idea de sentarme en un montón de presentaciones aburridas comienzan a afectarme. A su vez, empiezo a sentirme cada vez más drogada y enferma cuanto más me acerco a la puerta.

No puedo más y voy a dar la vuelta; Me recuperaré en el café. Pero solo he dado medio paso cuando mi profesor de EPQ, Euan, me ve.

—¡Felicity! Estamos en este salón. Como siempre.

Como cualquier otra persona escocesa, todo lo que dice suena como si odiara su vida, lo cual probablemente hace, siendo profesor de EPQ.

Expulso una gran cantidad de aire a través de mis labios, solo para hacerle saber lo mucho que no quiero estar allí. Tomo mi asiento habitual en la parte de atrás de la clase y me conecto a la computadora frente a mí. Con un codo sobre el escritorio, apoyo la cabeza en la palma de la mano mientras observo al primer estudiante que se prepara para presentar. Es Julian Bucket (pronunciado «Boookaaay», aparentemente). Nació en

Cambridge y su familia se mudó al norte para hacerse cargo de un negocio que heredaron, por lo que se pasa todo el día sentado en su caballo alto, mirándonos a nosotros, los campesinos del norte.

—¡Adelante, Bucket, muchacho! —Grita uno de los chavs a mi lado.

—¡Es Boookaaay! —Se burla, de la manera más campesina posible.

Me río débilmente a través del dolor que estoy sintiendo. El chav a mi lado es conocido en la universidad como «Scary Lee», debido a su altura extrema y su apariencia intimidante. Le pregunto cortésmente si abre la ventana detrás de su computadora, al costado del salón de clases. Me mira de arriba abajo antes de decir «Claro» y se inclina para abrir la ventana.

—Salud —Asiento con la cabeza y él me devuelve la sonrisa. Lee no da tanto miedo después de todo.

En este momento, Bucket está listo para comenzar.

—Hola clase. Soy Julian Boookaaay —dice, con énfasis adicional en «Boookaaay». También toma la decisión consciente de mirar fijamente a Scary Lee cuando lo dice. Mala idea. Siento las mesas retumbar bajo la fuerza de la sangre hirviendo de Scary Lee, pero no dice nada. Todavía.

—Mi proyecto trata sobre cuán influyente ha sido Shakespeare en el lenguaje moderno —Continúa.

Cosas emocionantes.

No entra aire por las ventanas y empiezo a ser muy consciente de las cosas que suceden a mi alrededor. Escucho a Scary Lee hablando con sus compañeros sobre cómo van a golpear a Bucket. Huelo el repugnante aroma de las salchichas de cóctel que ha traído a clase alguna chica con sobrepeso, que siempre parece estar comiendo. Y, lo peor de todo, escucho la molesta, monótona, aburrida e insoportable voz del pequeño matón que es nuestro querido Julian Bucket, hablando sobre el uso de las dobles negativas de Shakespeare. Mis manos comienzan a temblar y se vuelven frías pero sudorosas, y parece que ya no puedo mantener los ojos abiertos mientras todo se vuelve negro. En la oscuridad de mis ojos veo patrones arremolinados, arrastrándome a un mundo desconocido. Todavía puedo escuchar a Bucket, que le pregunta a la gente de qué obra de Shakespeare creen que proviene la cita. Todo el mundo responde «Romeo y Julieta» porque a nadie le importa.

—En realidad fue... ¡Otelo! ¡EH! ¿Podrías creer? —grita con entusiasmo a la clase.

Nunca he escuchado algo así. Mi mandíbula cae y mis ojos se abren de golpe mientras todo el color desaparece de mi piel. No sé si reír o llorar.

Euan deja de marcar la actuación de Bucket para venir y preguntarme si me siento bien.

—No te ves bien, Felicity. Te has puesto pálida —Suena preocupado, aunque me doy cuenta de que no le importa si estoy sana o no.

—Solo necesito unas vacaciones —Bromeo. Ni siquiera trato de ocultar el hecho de que no me gusta, o el hecho de que acabo de volver de unas vacaciones.

Él asiente y sigue marcando.

No puedo salir por la puerta lo suficientemente rápido una vez que termina la lección. Corro directo al baño donde empiezo a vomitar. Empezando la semana de forma positiva. Sin embargo, la dulce liberación me hace sentir mucho mejor. Voy a encontrarme con Jenk, Jav y Len en el café y los veo ocupando un juego de sofás en la esquina del salón. Me dejo caer en el espacio disponible al lado de Len y descanso mi cabeza en su rodilla. Coloca su mano suavemente sobre mi cabeza y acaricia mi cabello una vez y luego apoya su mano sobre mi hombro, haciéndome sentir inmediatamente mejor.

—Esa fue la lección más extraña de todas —Murmuro, con

la mitad de mi boca restringida por la rodilla de Len. Preguntan por qué y lo represento de la mejor manera que puedo, y todos se ríen y están de acuerdo en que Bucket es un bicho raro.

Descanso mis ojos por unos minutos antes de tener que ir a mi lección de revisión de drama, lo que me hace sentir mucho mejor, y finalmente el color regresa a mi rostro nuevamente.

Se nos pidió que preparáramos un monólogo durante el fin de semana para la lección de hoy. Yo, por supuesto, no he preparado nada porque he estado demasiado ocupado con un cáncer terminal para concentrarme en poner mi corazón y mi alma en mi trabajo, solo para recibir una calificación de C porque el maestro me odia. También me daba flojera hacerlo.

Llego temprano al salón de clases, para tratar de tener una idea en el último minuto. Todos ya están aquí practicando, excepto Holly, pero asumo que ella no vendrá a esta lección. Nuestra profesora, Victoria, se pavonea con confianza en la sala.

—Espero que todos hayan practicado sus monólogos durante el fin de semana o se van a sentir completamente avergonzados cuando los haga actuar en la clase —dice, como un comentario sarcástico para mí, la chica que nunca escribe un monólogo pero se las arregla para llevarlo a cabo de todos modos.

La primera persona comienza su monólogo, una pieza agradable y alegre sobre la muerte de una familia. Justo cuando termina la actuación y el público empieza a aplaudir, entra Holly, visiblemente drogada. Sus ojos están rojos, su piel es tan blanca como la nieve y suda incontrolablemente. Me pregunto por qué se molestó en entrar.

Vicky reconoce las señales y hace que Holly realice su monólogo ahora, como castigo. Ella se para en el medio de la sala con un gran grupo de estudiantes sentados frente a ella, luciendo esperanzada y riéndose de lo horrible que será su actuación.

Me siento allí mirándola con cautela; algo no está bien.

Ella se queda allí por lo que parece una eternidad, sudando y frotándose las manos. Sé por lo que está pasando porque yo misma he estado allí: sus oídos comienzan a zumbar, su visión comienza a nublarse y su corazón late con tanta fuerza que se siente como si fuera a estallar fuera de su pecho y caer al suelo.

Los ojos de Holly giran hacia atrás y se derrumba, cayendo sobre su espalda. Escuchamos su cabeza chocar contra el sólido piso gris, provocando un impulso de estremecimiento.

Vicky llama a una ambulancia mientras me siento con ella, su cabeza en mi regazo, tratando de mantenerla despierta.

Descubrimos que el tipo al que le compró los porros es conocido por inyectar en su equipo un cóctel de productos químicos letales. Agrega drogas de violación en citas como rohipnol y cualquier otra cosa que pueda usar para causar sufrimiento.

Holly fue llevada al hospital y le hicieron un lavado de estómago. Afortunadamente, se recuperó rápidamente.

Y yo no tuve que hacer un monólogo, ¡entra!

Aquí es donde papá diría:

—¡Oh Dios, Flic!

Salgo de la universidad con Jenk y Len. Jav ya está en el aparcamiento esperándonos. Len me pregunta si lo llevaré a casa hoy. Hablamos durante un tiempo sobre por qué no solo se relaciona con Jav y Jenk, pero al final decido que es más fácil simplemente conducirlo en lugar de discutir con él. Llegamos al estacionamiento y Jav sale de su auto una vez que nos ve, y nos paramos bajo el calor del sol mientras hablamos de conseguir algunos hongos durante una semana.

—Preguntaré si alguien sabe dónde podemos comprarlos —dice Jenk, y sigo diciendo que también preguntaré.

Javan dice que traerá su tienda de campaña para que no tengamos que ir a casa y enfrentarnos a nuestros padres cuando estemos de viaje, y todos estamos de acuerdo en que es una buena idea.

Volvemos a nuestros autos y yo y Jav llevamos a nuestros amigos en casa.

Me detengo frente a la casa de Len y ambos nos sentamos en silencio, mirando su casa, como si nunca la hubiéramos visto antes. Se vuelve hacia mí y le muestro una pequeña sonrisa.

—¡Nos vemos mañana entonces! —Dije animadamente.

Se inclina y me besa en la mejilla. Se aleja de mí, sonríe y dice:

—Sí, nos vemos mañana.

Lo observo salir del auto y caminar hacia la puerta principal, donde se da la vuelta para mirarme por última vez antes de entrar. Hay numerosas preguntas dando vueltas en mi cabeza, en su mayoría, «¿Qué sucede?»

Vuelvo a subir el volumen de los altavoces de mi coche y, por supuesto, suena Tenacious Toes. Arranco y espero no chocar mi auto en el camino.

Una vez que llego a casa, no puedo esperar para contarle a Laurie el día extraño que he tenido. Su auto ya está estacionado cuando llego, así que voy directamente a su habitación.

—¿Quieres salir a tomar una copa? —Le pregunto.

—Sí —Bromea, sin dudarlo un segundo, mientras salta

rápidamente de la cama y recoge las llaves de la mesita de noche.

Decimos alegría a nuestros queridos padres y nos dirigimos al pub local. Conseguimos nuestra pinta y media de cerveza y comenzamos a acumular las bolas en la mesa de billar. Le cuento todo, sobre Bucket, Holly, nuestra búsqueda de hongos y mi emocionante encuentro con Len.

—Quizás le gustas —Laurie se encoge de hombros, mientras es su turno de jugar. Ella introduce una bola en el hoyo con una franja azul.

—De ninguna manera —digo con convicción. Nunca he estado más segura de una respuesta que esta.

—¿Cómo lo sabes? —Pregunta, mientras alinea su tiro, cerrando un ojo y agachándose para nivelarse con la bola blanca.

—Vamos, Laurie, está fuera de mi alcance, ¡es hermoso! — Yo protesto.

Ella se ríe al escuchar esto. Ella no cree en cosas como las «ligas». Ella introduce otra bola con una franja en el hoyo.

—No importa, Laurie, de todos modos no quería jugar — Bromeo mientras otra bola con una franja es hundida en el bolsillo junto a ella.

Finalmente llega mi turno, introduzco varias bolas lisas en los hoyos, pero aun así pierdo...

Regresamos caminando al auto y preparamos un porro en el estacionamiento. Fumamos en una zona boscosa con un par de bancos dispersos alrededor. Nos sentamos en un banco similar al que usamos en Paradox Park y nos pasamos el porro entre nosotras. Poco después de empezar a sentir los efectos, vemos a dos pequeños conejos blancos saltando en el césped a unos metros de distancia. Nos quedamos admirando lo adorables que son.

Comienzan a alejarse, por un camino que conduce más hacia los árboles.

—¡Imagínate lo decepcionada que estarías si esos conejos fueran los conejos de Alicia en el País de las Maravillas y ni siquiera los siguieras! —Anuncio en voz alta, pero no particularmente dirigido a Laurie, por lo que no escucho su respuesta. De todos modos, estoy demasiado ocupada imaginando a qué agujero me llevarían estos conejos para notar cualquier cosa que suceda a mi alrededor.

Esta noche es mi primera noche de regreso al trabajo desde que me diagnosticaron, así que solo tengo que trabajar un par de horas hasta la medianoche. Le digo a mi jefe, para que sea más comprensivo con mi tiempo libre, pero decido no informar a ningún miembro del personal ni a los habituales, por razones obvias. Lanzo mi chaqueta debajo de la barra y respiro profundamente, mirando a mi alrededor a todas las caras familiares y viendo lo felices que están todos.

—¡Felicity! —Escucho a alguien gritar con un acento escocés.

Miro a mi alrededor y veo exactamente a quién esperaba ver, mi cliente menos favorito, Francis, frunciendo el ceño y sacudiendo su vaso de pinta vacío hacia mí.

Solo le hago un gesto con la cabeza y camino hacia el lado más grande de la barra, donde está la bomba de sidra, y le sirvo la pinta. Se la devuelvo y la coloco con cuidado frente a él.

—¿Eso es todo? —Pregunto con una sonrisa reacia.

—Eso no va a funcionar ahora, ¿verdad? —Dice en su manera condescendiente, mirando exageradamente a la bebida.

Entonces, vuelvo al otro lado y le sirvo otra pinta.

—¿Cómo está eso? —Fuerzo una sonrisa cortés de nuevo mientras le hablo.

A lo que él simplemente niega con la cabeza y me dice que lo ponga en su cuenta.

Hago clic en su nombre en la pantalla táctil y agrego dos pintas de sidra a su cuenta, murmurando «imbécil» en voz baja mientras lo hago.

El pub está más concurrido que de costumbre durante la hora pico de la cena y estoy constantemente yendo y viniendo, entre clientes, sin un solo descanso, durante casi dos horas. Sigo teniendo ataques de mareos y varias veces siento que me voy a desmayar. Siento que mi teléfono vibra en mi bolsillo, así que lo saco un poco, solo para verificar cuál es la notificación. Es un mensaje de texto de mamá preguntándome cómo me siento en el trabajo.

—Creo que soy más importante que tu teléfono. Ve y tráeme una pinta —ordena Francis, de la mejor manera que sabe.

Lo miro fijamente, permaneciendo inmóvil por un momento hasta que siento que él está lo suficientemente incómodo como para seguir adelante. Le pido a mi colega, Karen, que lo haga en mi lugar, lo cual hace, y decido quedarme en la barra opuesta por un rato, para no tener que volver a mirarlo.

No pasa mucho tiempo antes de que mi jefe venga a mí.

—Flic, Francis dice que lo has ignorado —Él comenta con la cabeza hacia un lado.

Un hombre mayor pequeño, de voz suave, con cabello gris y ojos azules, es muy comprensivo, un gran jefe, pero nunca, bajo ninguna circunstancia, irá en contra de lo que dice un habitual.

Levanto una ceja y dejo escapar una risa fuerte.

—Daniel, no ignoraría a nadie, especialmente a un cliente. Solo le pedí a Karen que hiciera su pinta por mí porque aparentemente no estaba contento con la forma en que lo estaba haciendo —Explico.

—Bueno, está bien, solo sírvele tú misma la próxima vez, y no ignores a los clientes —Reitera - debe ser que yo no estaba hablando en inglés.

El resto de la noche transcurre sin incidentes, aparte de que Francis vuelve a usar su frase de moda:

—Creo que soy más importante que (blanco). Ve a buscarme una pinta

Pero pronto se va, afortunadamente, y el pub de repente se vuelve muy hueco y espeluznante sin ningún cliente en el lado más pequeño de la barra. Sin embargo, no por mucho tiempo, cuando un grupo de cuatro clientes habituales de mediana edad cruzan la puerta principal, gritando y riendo juntos.

—¡Hola, Flic! ¡Tres pintas de 'cerveza dietética' y una gran blanca, por favor! —Uno de ellos grita, por encima del ruido que ellos mismos están creando.

Después de pagar las bebidas, se sientan en la mesa más cercana a la barra. La única mujer en el grupo, que resulta ser la tía de Len, se da la vuelta en su silla para mirarme.

—Hola, amor, ¿estás bien? ¿Sigues dando vueltas con nuestro Len? —Ella pregunta, con una sonrisa y un guiño.

—Sí, lo hago —Me rio, sabiendo de qué se tratará la conversación.

—¿Ya lograste atraparlo?

—Todavía no, Lisa, ¡pero estoy trabajando en eso! —Sonrío y la señalo con confianza.

—¿De qué estás hablando? —Pregunta un miembro masculino del grupo, Phillip, un hombre con cabello corto y blanco, con púas para crear una Gran Muralla de flecos sobre su frente, y penetrantes ojos azules brillantes que miran fijamente en tu alma y parecen localizar tus secretos más profundos. Su rostro está profundamente arrugado pero no de una manera poco atractiva, y él es muy consciente de ello, a menudo usa su autoproclamado «buen aspecto» para seducir a mujeres de todas las edades. Pero veo a través de su fachada carismática de «sí, hombre, la vida es corta, ¿tienes que vivirla al máximo, sabes?» y verlo por lo que realmente es, un hombre que disfruta inyectando dolor en la vida de las personas.

—A ella le gusta mi sobrino, Len. ¡Esperamos que reúna el coraje para invitarla a salir pronto! —Ella dice entusiasmada, como si fuéramos dos colegialas cotilleando sobre el chico de nuestros sueños.

—No salgas con él, sal conmigo. Tengo más experiencia —Me guiña un ojo.

Veo el brillo diabólico en sus ojos.

—Estoy bien, gracias —Me río, arrugando la cara.

—En serio, te llevaré a cenar —Responde, más serio esta vez.

—En serio, estoy bien —Repito, mi voz un poco más severa esta vez para transmitir el mensaje.

Debe haber funcionado porque se ríe y la conversación continúa.

No mucho después, la nueva camarera, una joven llamada Mae, de catorce años para ser exactos, pasa junto a su mesa con un par de platos en cada mano para servir a una pareja en otra habitación. Phillip mira su trasero casualmente mientras pasa. Ella regresa con las manos vacías y Phillip inicia una conversación con ella.

—Bueno, hola... ¿Quién podrías ser? —Le pregunta a la chica, con la cabeza ligeramente inclinada hacia adelante para mirarla por debajo del hueso de la ceja.

—Soy Mae, comencé la semana pasada —Ella responde inocentemente.

—¿Eres buena en tu trabajo? —Pregunta él, con su voz suave pero un poco espeluznante.

—Ja, ja, sí, creo que sí. ¡Estoy haciendo mi mejor esfuerzo, de todos modos! —Ella sonríe.

—¡Oh, claro! Apuesto que así es. Apuesto a que tienes algunos secretos en ese pinny tuyo —Él sonríe y asiente en referencia al pequeño delantal negro que ella tiene atado alrededor de su cintura.

Pero el grupo y la chica se ríen y ella regresa a la cocina.

¿Por qué nadie más encontró eso raro e inapropiado? Decido guardar mis pensamientos para mí ya que nadie más se dio cuenta, pero voy a la cocina y hablo con Mae sobre el tipo de personas que vienen aquí, y que la ayudaré si lo necesita. Cuando vuelvo a la barra, Phillip está apoyado contra ella, esperándome. Comienza a hacerme preguntas mientras me veo obligada a pasar una eternidad sirviéndole cuatro pintas; no hay escapatoria ahora.

—Entonces. ¿Dónde vives? —Él pregunta.

—Por ahí.

—¿Aquí?

—No lejos de aquí.

—¿Culcherry? —Él trata de adivinar.

—No.

—¿Dónde entonces? —Me exige que le diga.

—Veinticuatro, noventa y cinco, por favor. Pido el pago mientras pongo la última pinta.

A regañadientes, entrega el pago en billetes de cinco libras y cambio antes de volver a sentarse.

Finalmente llega la medianoche y mi turno ha terminado. Le grito buenas noches a mi jefe y salgo de detrás de la barra.

"—Buenas noches, chicos —Les digo a Lisa y al resto del

grupo, provocando múltiples «buenas noches» a cambio, incluso de Phillip.

—Buenas noches, Flic, ven a darnos un beso —Cierra los ojos y me hace un puchero.

Miro por un momento, sin saber qué decir o hacer.

—No me gustaría molestar a Len —Me rio y empiezo a alejarme.

—¿Estás en el pueblo esta noche? —Él pregunta como cada noche que lo veo.

—Claro que sí —Respondo, y sigo saliendo tanto del bar como de la conversación.

Los ojos vidriosos de Phillip me siguen hasta la puerta principal. Hago contacto visual con él mientras me doy la vuelta y cierro lentamente la puerta. Continúa acechándome con su mirada incluso cuando estoy afuera. Da vueltas por completo en su silla solo para verme pasar junto a las ventanas de cristal ondulado tipo corona.

Puede ser una ligera reacción exagerada, pero decido cerrar las puertas de mi auto y no perder el tiempo en el estacionamiento por mucho tiempo. Espero no tener pesadillas con él esta noche.

3 DÍAS ANTES:

LA PISCINA INFINITA

E l viernes suele ser un buen día para mí, ya que no tengo que estar mucho tiempo en la universidad. Todo lo que tengo que hacer hoy es hacer mi presentación de EPQ. Pero no este viernes. En lugar del sonido habitual de mi alarma, me despierta un dolor insoportable que me hace vomitar antes de tener la oportunidad de hacer algo más que correr al baño y meter la cabeza en el retrete. Abro los ojos cuando mi madre entra y me frota la espalda. El inodoro está cubierto de sangre, con restos todavía saliendo de mi boca y goteando por mi barbilla. Miro a mamá y se ve muy preocupada, como era de esperar. Sin embargo, los médicos dijeron que este es un síntoma común, así que ella me dice que llamará a la universidad por mí y me vuelve a poner en la cama con una botella de agua.

No pasa mucho tiempo antes de que todos se hayan ido a trabajar y me quedo sola. Tomo mis antibióticos y me vuelvo a dormir.

Me despierto a la 1:00 p. m. sintiéndome mucho mejor, así que, naturalmente, me enrollo un porro y me tumbo en las sillas de mimbre afuera. Cierro los ojos y siento el calor punzante del sol de verano del mediodía en mis párpados y en toda mi piel pálida y húmeda y le doy una calada al porro. Me relajo.

Mientras me acuesto allí, sola, empiezo a pensar en mis amigos. No sería justo si simplemente muriera sin decírselo. También estoy empezando a sentirme aislada en mi enfermedad y necesito decirle a los más cercanos a mí. Elaboro un plan para contárselo a cada uno individualmente, empezando por el único miembro del grupo que probablemente tampoco esté en la universidad, Javan. Entonces, le envío un mensaje de texto rápidamente mientras camino de regreso a la casa para darme una ducha.

Hola Jav, ¿estás fuera de la universidad hoy?

Después de unos cinco segundos de presionar enviar, recibo una respuesta: *Sí.*

¿Estás bien? Respondo a su mensaje de texto contundente, a pesar de que da la impresión de que no tiene ganas de hablar en este momento.

Solo teniendo un mal día.

Vendré a verte, ¿sí? Tengo algo que decirte. Te traeré un regalito.

Está bien.

Fue genial charlar contigo, Jav.

Me doy una ducha rápida y me seco antes de regresar a mi habitación para vestirme. Cuando abro una de las puertas negras de mi armario con espejos, veo dos pequeños pies blancos junto a mí en la imagen creada en la puerta contigua. Giro la cabeza para ver, pero no hay nada. Sigo mirando fijamente el punto giratorio donde estaban los pies, con mis ojos rojos y vidriosos y, por alguna razón, siguen cayendo en la misma posición, unos centímetros por debajo de donde está mi línea del ojo, como si inconscientemente mantuviera el contacto visual con alguien. Me acerco al lugar y puedo sentir la presencia contundente de una persona parada allí. Extiendo mi mano frente a mí y el aire se siente mortalmente frío. Doy un paso atrás a mi posición original.

—Hola, amigo... No te preocupes por mí... Solo estoy sacando una camiseta de aquí, sin wukkas, ja, ja... —Anuncio, fingiendo no tener miedo y sacando una camiseta del armario.

Cierro la puerta y empiezo a salir arrastrando los pies, sin darle la espalda al punto de la visión.

—Voy a salir ahora, así que siéntete como en casa... Lo que es mío es tuyo... El control remoto del televisor está a un lado si quieres ver algo de televisión o algo así —Señalo el «lugar» donde puede encontrar el control remoto, mientras me acerco más y más por la puerta.

—Está bien, nos vemos luego, compañero... Diviértete... Adiós.

Cerré la puerta detrás de mí.

Necesito dejar de consumir drogas.

Camino hasta la casa de Jav, ya que está a la vuelta de la esquina, y me dejo entrar, sabiendo que estará envuelto en la cama, lo cual es cierto. Cuando entro en su habitación, no digo nada. Lo miro fijamente y veo la mirada de depresión en su rostro mientras levanto el porro.

—¡Aquí hay uno que lie temprano! —Grito con entusiasmo como un presentador de televisión infantil.

Afortunadamente, esto lo hace sonreír un poco y le digo que se vista y que iremos al Paradox Park para fumarlo. En cinco minutos estamos fuera de la casa y caminando por un pintoresco sendero a través del parque.

—Entonces, ¿cómo te sientes, Jav? ¿Por qué un día tan malo? Son solo las dos. ¿Qué puede salir tan mal? —Le pregunto preocupada.

—No ha pasado nada... Es solo cómo me siento —Murmura en voz baja.

Enciendo el cigarro y doy unas bocanadas antes de pasárselo.

—Esto te solucionará —Intento animarlo a que se sienta mejor.

Nos sentamos juntos en un pequeño banco de madera y él me cuenta más sobre sí mismo que nunca antes en los doce años que lo conozco.

—Es como si me hubiera perdido. Ya no sé quién soy, y no sé quién voy a ser. Da miedo, Flic —Confiesa.

—Nadie sabe acerca de quiénes van a ser, Jav. Eso es lo divertido.

—Pero no es divertido. Hay tantas cosas que pueden salir mal en cualquier momento en el futuro. ¿Qué pasa si me quedo sin hogar? ¿O, a la edad de cuarenta años, podría tener una muerte larga, lenta y dolorosa y perder todo en lo que he trabajado durante toda mi vida? —Pregunta, sin esperar que yo tenga una respuesta a su cierta epifanía.

—Bueno... Todo lo que puedo decir es que deberías preocuparte por el futuro cuando llegues allí. Vive tu vida ahora en lugar de preocuparte por lo que vendrá. Quiero que todos tengamos un gran año juntos, Javan. Por favor —Le suplico.

No dice nada, solo me mira por un momento antes de dejar caer la cabeza entre sus manos, que están apoyadas en sus codos huesudos, apoyándose en sus rodillas aún más huesudas.

—Mira Javan, tengo malas noticias cuando regresé de vacaciones y realmente necesito decírtelo, pero quiero hacerlo cuando sea el momento adecuado para todos, así que necesito que me prometas que no le contarás a Jenk o Len —ordeno, de la mejor manera posible.

—Te prometo que no lo haré. ¿Qué ha pasado? —Responde,

intrigado, levantándose de su posición encorvada para girarse ligeramente y mirarme.

—Bueno, ¿recuerdas que te conté que no podía dejar de vomitar desde mis vacaciones? —Empiezo.

—Sí... —Él anticipa.

—Fui a ver a un médico por eso, y tuve que hacerme muchas pruebas y... Bueno... Me dijo que probablemente me muera antes de fin de año, amigo —Le explico.

Sus ojos se pasean a su alrededor por un momento antes de que su cabeza regrese lentamente al miserable consuelo de sus manos. No decimos nada por un rato, solo nos sentamos a escuchar el dulce sonido de los pájaros piando en las copas de los árboles y los autos que pasan por la carretera detrás de los árboles.

—No puedo creerlo, Flic... ¿Qué va a pasar? —Pregunta, sin saber si quiere saber la respuesta o no.

—Realmente no lo sé, Jav... Pero lo que sí sé es que este va a ser el mejor verano de mi vida y quiero que ustedes tres estén conmigo —Le sonrío tranquilizadoramente y le pongo una mano en la pierna.

—Está bien, Flic —dice, mientras intenta una sonrisa frágil, tratando de contener las lágrimas.

Cuando comenzamos a caminar de regreso al estacionamiento, llegamos a un camino largo y angosto, protegido a ambos lados por un espeso follaje. Unos metros por delante de nosotros, veo a un hombre alto parado al lado del camino. Tiene una capucha negra que cubre su rostro y un pequeño perro negro correteando alrededor de sus pies. Me giro para mirar a Jav, que se mira los pies mientras los patea frente a él. Vuelvo a mirar al hombre, pero no está allí.

Miro a mi alrededor al costado del camino y no hay ningún lugar al que podría haber ido a menos que haya decidido caminar a través de los manglares. Jav y yo finalmente llegamos al lugar donde estaba el hombre y miro a mi izquierda. Está parado en un trozo plano de hierba al otro lado de los árboles, apenas puedo verlo a través de él, pero puedo distinguir que está quieto y mirando hacia nosotros. Mantengo mis ojos en él mientras continuamos caminando por el sendero.

De repente, justo cuando nos ponemos al nivel de él, se gira y comienza a caminar en la misma dirección que nosotros (a pesar de que es la dirección de la que vino originalmente).

—¿Bajamos allí? —Señalo a Jav, es decir, el pequeño camino que conduce a una calle ciega rodeada de casas.

Se encoge de hombros y acepta, y rápidamente me desvío hacia la derecha, alejándome del hombre. Decido no decirle a Jav, solo para no asustarlo.

Llegamos al final y suspiro con una sensación de alivio, aunque estoy segura de que no era nada de qué preocuparse. Cuando llegamos al final del camino, escucho el tintineo de un collar de perro detrás de nosotros. Mi cabeza gira para mirar y también lo hace Jav. Es el mismo hombre. Nos ha seguido de nuevo... Me detengo en seco y me inclino más cerca para ver mejor su rostro.

¿Ese es Phillip?

Tan pronto como se da cuenta de que lo he visto, corre hacia un camino adyacente, su pequeño perro silba detrás de él.

8:00 pm. Mi teléfono se ilumina con un mensaje de Jenkies en el chat grupal:

Encontré este nuevo lugar aislado para fumar. Ya tengo las drogas, así que reunámonos en media hora y los guiaré. Y recuerden... Delicadeza, ¡nunca se estresen!

¡Suena bien para mí!

Salgo en el Black Beauty y recojo a Len en su casa mientras Jav conduce hasta la casa de Jenk y todos nos reunimos, Len y yo en un auto, Jav y Jenk en el otro, en la parte delantera.

Conducimos a alta velocidad durante unos quince minutos por caminos rurales sinuosos y sin iluminación, hasta que veo que el pequeño automóvil azul de Jav reduce la velocidad y se detiene en lo que es más o menos una zanja, en medio de un camino rural vacío, rodeado de árboles y campos de agricultores.

—¿Seguramente no? —Len se burla.

Jenk y Jav salen del auto, cargando sillas de camping sobre cada hombro.

—¡Vamos, pandilla! —Jenkies grita con un acento estadounidense de muy buen gusto, mientras avanza penosamente por la carretera y pasa junto a mi auto.

Lo seguimos mientras nos lleva hasta una puerta de metal, que supongo que se colocó allí con el propósito de no dejar entrar a la gente. Pero a pesar de todo, la escalamos con facilidad y continuamos por el camino de tierra.

—¿Adónde diablos nos llevan, Jenkies? —Len pregunta en tono de broma.

—Ya lo verás —responde Jenk, dándose la vuelta y asintiendo con una sonrisa.

Se mete un porro en la boca y lo enciende, dando unas caladas antes de pasárselo a Jav.

Ya cargados, caminamos por el camino, que está estrechamente cerrado a ambos lados por altos setos, sin nada que ver más que lo que parece ser un interminable camino de tierra delante de nosotros, y el bochornoso cielo nocturno colgando sobre nosotros. El atardecer va dando paso rápidamente a la noche y, a medida que el sol retrocede, aparece una luna llena para iluminar nuestro camino.

Empiezo a pensar en contarle a Jenkies y Len sobre mi dilema terminal. Abro la boca, lista para comenzar con las palabras:

—Tengo algo que decirles... —Pero me interrumpe bruscamente el silbido de un gran gato negro que emerge del seto. Su espalda está arqueada, tiene el pelo erizado y tiene una mirada amenazante en sus grandes ojos azules mientras nos muestra sus largos y afilados colmillos en forma de daga. Todos gritamos y empezamos a correr, levantando los pies lo más alto que podemos del suelo, lejos del feroz felino, que nos sigue de cerca.

Una vez que siento que he hecho una buena distancia entre el gato y yo, me calmo y miro detrás de mí. El gato no ha estado allí por Dios sabe cuánto tiempo. Me doy la vuelta para mirar al resto de ellos y todavía están saltando y gritando de terror.

—¡Se fue! —Grito entre risas.

Ellos también se calman y se quedan quietos, mirando alrededor de sus pies para comprobar que no estoy mintiendo antes de encogerse de hombros y reír, y seguimos caminando hacia nuestro destino.

Eventualmente, llegamos a una colina y Jenk se detiene y la admira.

—¿Es esto? —Jav pregunta, poco impresionado.

—Arriba —dice Jenk con una sonrisa, antes de impulsarse colina arriba y llegar a la cima.

El resto de nosotros lo seguimos amablemente. En el otro lado de la colina, hay un tablón de madera estrecho que se aferra a las orillas a ambos lados de un pequeño río.

—¡Eso es al menos una caída de veinticinco metros! No esperarás que camine sobre eso, ¿verdad, Jenkies? —Len grita dramáticamente.

—Len, es probable que sea una caída de seis pies, y sí, vas a pasar por encima —Ordena Jenk.

Jenkies va de primero, sus largos brazos extendidos a cada lado de él para mantener el equilibrio. Afortunadamente, la tabla no se rompe. Jav va a continuación, logrando cruzar con seguridad. Entonces es mi turno. Ya estoy nerviosa por mi terrible equilibrio en superficies planas, pero me acerco a la tabla, Jav y Jenk esperan ansiosos al otro lado. Cruzo flotando, haciendo que parezca fácil, sintiéndome orgullosa de mí misma por no caerme. Por último, Len se pasea de un lado a otro del otro lado de la orilla, presa del pánico.

—¡Vamos, Len, es seguro! —Javan lo tranquiliza.

—¡Sin embargo, definitivamente se va a romper conmigo ahora! —Él predice.

Después de una larga discusión, finalmente reúne el coraje para cruzar. Da un paso hacia los lados lentamente, aproximadamente un paso por minuto, de hecho, y la tabla no muestra signos de romperse o incluso doblarse ligeramente.

Cuando Len finalmente llega a la mitad del tablón, Jenkies pone su pie en el borde y comienza a hacer que el tablón se tambalee entre las orillas. Todos comenzamos a reír cuando Len comienza a entrar en pánico nuevamente.

—JENK – JENKIES – ¡ALTO! ¡PARA! —Él ladra cuando comienza a volcarse, equilibrándose con movimientos de brazos como molinos de viento.

Me estoy riendo tan fuerte que no puedo hacer un sonido, doblado en dos, apoyado en una losa de piedra que sobresale de una colina de lodo. Me hace reír aún más el sonido de la risa histérica de Jenk.

—¡HOH-HOH-HOH-HOH! —Se ríe a carcajadas, casi cayendo al suelo cuando Len lo empuja, demasiado ansioso por bajar del tablón.

Javan sube la pequeña colina y encuentra el entorno pintoresco al cual Jenkies nos ha arrastrado para ver.

—¡Vaya, esto es bonito, Jenkies! —dice Javan con ternura, y todos nos acercamos para unirnos a él.

Nos sentamos en una pequeña repisa de barro seco y contemplamos la vista. Un círculo de árboles hace guardia alrededor de un lago, sus siluetas se reflejan en la superficie del agua como un espejo, junto con la luna llena excepcionalmente brillante y una dispersión de estrellas titilantes. Nos deleitamos con la belleza de la luz de la luna que baila sobre las ondas del agua misteriosa y oscura, creada por pequeños peces anónimos que se balancean en lo desconocido.

—Chicos... —Comienza Javan.

Todos despegamos nuestras miradas del lago y nos volvemos para mirar a Jav.

—He estado mirando este lago por un tiempo... Y... Parece un agujero negro... Ustedes saben, como... El fondo de la tierra... —Explica.

Todos miramos hacia atrás al lago, ansiosos por ver si podemos imaginarlo también.

Desafortunadamente, podemos hacerlo.

—¡Errrr! ¡Noooo, no me gusta! ¡Me siento tan cerca del borde ahora! ¡Me voy a caer! —Entro en pánico, riendo y al mismo tiempo sintiendo que podría llorar, y empiezo a arrastrar mis pies hacia atrás, a pesar de estar a más de un metro de la orilla del lago.

Todos los demás comienzan a hacer lo mismo, riendo y gritando. Jav camina hacia el borde y cuelga su pie sobre el agujero negro escalofriante.

—¡Voy a caer a través del espacio por la eternidad! —Él anuncia.

—¡Jav, no lo hagas! —Len suplica, con un toque de preocupación evidente en su voz.

Jav se ríe y vuelve a sentarse mientras Jenk enciende otro porro.

Nos sentamos en silencio por un momento, escuchando los sonidos relajantes del lago y todas las criaturas que viven en él y sus alrededores.

Miro hacia la luna llena que tiene una ligera línea de sombra en la curva superior derecha y sigo el hilo de pensamiento de Jav.

—Chicos... —Repito la declaración de apertura de Jav de unos momentos antes. Todos se giran para mirarme, tal como lo habíamos hecho anteriormente en respuesta a Jav—. Si miran la luna así... Parece una pequeña abertura con la tapa entreabierta... Ustedes saben, como... Como si viviéramos dentro de un globo...

—¡Flic! —Len grita mientras todos miran hacia la luna y entienden de lo que estoy hablando y todos comenzamos a gritar y reír de nuevo.

Después de unas horas (y unos cuantos porros), empezamos a regresar. Está bastante oscuro y estoy constantemente nerviosa, pensando que me voy a caer y morir por los muchos obstáculos que tenemos por delante. Caminar sobre una tabla delgada, escalar una colina y escalar una puerta son mucho más difíciles de hacer cuando tienes la vista doble y apenas puedes mantener el equilibrio. Pero afortunadamente, todos logramos regresar a los autos sin lesiones graves. Todos chocamos el puño con Jav y nos despedimos cuando se sube solo a su auto y se marcha. Lo sigo, con Len en el asiento del pasajero y Jenkies en la parte de atrás. Sin embargo, Javan no me lo está poniendo fácil para seguir el ritmo. Acelera delante de mí por los oscuros caminos rurales. Como necesito quedarme detrás de él, también acelero, haciendo que el auto sea un poco más difícil de controlar para mí. Empiezo a desviarme lentamente hacia el otro lado de la carretera, mis ruedas tiemblan sobre los ojos de gato iluminados en medio de los dos carriles. Jenk y Len comienzan a ridiculizarme.

—¡OOOOOOOOOOOOOOOO! —Hacen coro, subiendo el volumen de sus voces.

—¡Paren de hacer eso! ¡Lo están empeorando! —Grito, mientras trato de concentrarme.

Pero continúan haciéndose más y más fuertes. Jenkies incluso se sienta hacia adelante y se cuelga del respaldo de la silla de Len para acercarse a mi oído.

—¡No estoy bromeando! Vamos a estrellarnos si siguen haciéndolo —Explico, mientras las ruedas continúan chocando con los ojos de gato.

Todo lo que puedo ver a través del parabrisas es oscuridad y filas de árboles que pasan corriendo, mientras mi auto da vueltas en las curvas y vuela por tramos rectos de la carretera. Pero sus burlas pronto se detienen cuando los faros de un automóvil que se aproxima inundan el camino frente a nosotros.

—Flic, muévete ahora —Ordena Jenk.

—¡Lo estoy intentando! —Respondo llena de pánico.

El ensordecedor y rítmico golpeteo de los ojos de gato bajo mis ruedas parece volverse cada vez más fuerte y molesto mientras nos acercamos al coche de adelante. Pronto, sus luces delanteras nos ciegan a todos mientras nos acercamos el uno al otro. En el último segundo, logro girar bruscamente hacia mi lado de la carretera y el golpeteo se detiene cuando volvemos al carril correcto.

Dentro del auto resuena el silencio mientras Jenk y Len se sientan en sus asientos, atónitos, con los ojos muy abiertos por el miedo.

—Casi morimos —digo, con suerte de estar allí para expresar lo que, momentos antes, parecía inevitable.

Esa fue la única frase pronunciada durante el resto del viaje.

Me detengo en la acera frente a la casa de Jenk y nos sentamos en silencio por un momento, contemplando nuestra propia mortalidad, antes de que Jenk abra la puerta y ponga una pierna sobre el pavimento.

—Nos vemos... Los amo... —Nos susurra a los dos.

—Adiós, Jenkies, te amamos... —Ambos respondemos.

Cierra la puerta y lo vemos entrar a su casa.

Len me pide que me quede en su casa esta noche, ya que casi morimos. Acepto, que no hay mejor excusa que una experiencia cercana a la muerte, así que doblo la esquina hasta su casa y entramos sin decir una palabra más.

EL DÍA:
UNA EXPERIENCIA DESAGRADABLE

E s lunes por la mañana y tengo que estar en la universidad a las nueve para exponer mi presentación de EPQ. Si una enfermedad terminal no puede obtener una A*, no sé qué puede hacerlo. Solo Jenkies y yo necesitamos estar en la universidad hoy. Está en un examen de gráficos de seis horas, así que solo puedo imaginar lo aburrido que está.

Entro al salón de clases y miro mi asiento, pero ya hay alguien en él. Es un chico indio pequeño con anteojos y barba que no sabe bajo qué barbilla debe quedar. Nunca lo había visto antes aquí, así que decido darle un poco de holgura y entro en la computadora que está junto a la mía. Me siento y lentamente gira su cabeza hacia mí.

—Está bien —Asiento con la cabeza.

Él no responde, solo vuelve lentamente a su pantalla. Yo mismo le eché un vistazo para ver su nombre: Mehzah.

La presentación antes de la mía trata sobre las diferentes palabrotas asociadas con qué género, una de las más interesantes.

—Entonces, hay algunas palabrotas que las mujeres nunca deberían decir, según algunos —Afirma la presentadora.

—Sí, como panza colgante —dice Mehzah, haciendo que todo el salón se ría a carcajadas.

—Sí, como esa... —La presentadora se ríe y avanza rápidamente.

Cuando la presentación está llegando a su fin, Mehzah se inclina hacia mí y me susurra sin pestañear.

—¿Quieres ver un cadáver, hermana?

—¿Qué...? No —Frunzo el ceño y sacudo la cabeza hacia él.

Se encoge de hombros y vuelve a su computadora.

Todos aplauden y es mi turno de presentar.

Configuro mi presentación en el proyector y miro a mis compañeros alrededor de la sala.

—Hola, mi nombre es Felicity y mi presentación se basa en los diferentes efectos de las drogas en la mente y el cuerpo — Les revelo, mi diapositiva inicial está cubierta con imágenes diminutas de hojas de marihuana y bongs.

Oigo a Bucket y a su compañero riéndose y dándose codazos.

—Como pueden ver, mi presentación ya es más interesante que la mayoría —Miro a Bucket y él se encoge detrás de su amigo.

Hago clic en la siguiente diapositiva. Se titula ÉXTASIS.

—Con poca moderación —Le digo a la clase—, los consumidores de pastillas pueden experimentar sentimientos de bienestar, empatía, cercanía con los demás y un aumento de la confianza y la energía. Sin embargo, como toda droga, tiene sus efectos secundarios negativos, como: control muscular deficiente, paranoia o aumento de la presión arterial. En dosis más altas, la MDMA puede llevar a una sobredosis o, si no eres una pequeña perra... —Guiño y señalo a Bucket —Puedes experimentar una sensación flotante, alucinaciones y un comportamiento irracional o extraño en su lugar—, cito, en mi mejor voz de presentación.

—La ciencia detrás de los efectos de la MD en el cerebro es que provoca una mayor liberación de serotonina y norepinefrina que de dopamina. La serotonina es un neurotransmisor que juega un papel importante en la regulación del estado de ánimo, el dolor y otros comportamientos. La liberación excesiva de serotonina provoca los efectos que elevan el estado de ánimo que experimentan las personas. Pero los experimentos muestran que las dosis altas pueden dañar las células nerviosas que contienen serotonina, lo que significa que el éxtasis puede dejar efectos dañinos a largo plazo en el cerebro —Concluyo sobre el tema de la MDMA.

A lo largo de mi presentación, Scary Lee no me quita los ojos de encima. Incluso aplaude al final de la presentación, algo que nunca antes había hecho para nadie. Me siento en mi asiento, unos pocos más abajo del suyo, y él se inclina y me susurra:

—Eso estuvo genial, Flic —Mientras muestra una sonrisa blanca.

Le devuelvo la sonrisa y digo:

—Gracias —Tratando de ocultar la mirada perpleja en mi rostro.

Cuando termina la lección, me acerco a Euan para pedirle mi calificación.

—Bueno, Felicity. Espero que no hayas obtenido toda esa información de primera mano —Levanta una ceja sospechosa.

—Definitivamente no —Me río.

—Bueno, estoy feliz de darte una A por tu presentación. Todavía no he calificado tu trabajo escrito, así que no puedo darte una calificación general, pero diría que puedes esperar una A* —Él sonríe.

No creía que los escoceses supieran sonreír.

Empiezo a caminar fuera del salón de clases y siento que mi teléfono vibra en mi bolsillo. Es un texto de Jenkies en el chat grupal:

¡Tenemos los hongos para esta noche! ¡Delicadeza, nunca estrés!

Inmediatamente, una respuesta de Len hace que mi teléfono vibre nuevamente:

Entra, Jenkies laaaa.

Mi teléfono vibra por tercera vez. Es de Jenk, pidiéndome que nos reunamos con él en el café, lo cual hago.

Está sentado en una pequeña mesa cuadrada de madera con dos asientos a cada lado. Está de espaldas a mí, pero sus piernas largas y colgantes son visibles a ambos lados de la silla, y su fiel sombrero de pescador siempre lo hace fácilmente identificable. Me siento frente a él y le pregunto cómo está. Charlamos sobre su examen y mi presentación, lo que nos lleva al tema de esta noche.

—¿Crees que deberíamos llevar algo más? —Él sonríe.

—También traeré un poco de hierba, solo para estar segura —Confirmo, y él aprecia el gesto.

—Además, Jenkies, hay algo que quería decirte, pero realmente no había tenido la oportunidad antes —Comienzo. Se ve preocupado pero intrigado al mismo tiempo.

—Cuando volví de vacaciones tuve que ir al médico, y me dijeron que tendré vida hasta el fin de este año... —Explico.

Se sienta allí y me mira por un momento antes de decir una sola palabra:

—¡Carajo!

—Sí lo sé. ¡Es por eso que quiero estar realmente enferma el resto de este año! Entonces, haremos todo lo posible esta noche y todas las noches durante el resto del año, ¿sí? —Pregunto, ya sabiendo cuál será su respuesta.

—¡Sí! —Él proclama.

—Sin embargo, aún no se lo he dicho a Len, así que trata de no decir nada delante de él.

—¿Por qué? ¿Quieres que sea una sorpresa? —Él sonríe tratando de no reírse.

—¡Esa es, Jenkies, esa es!

Llego a casa a las cuatro en punto y no me siento muy bien después de mi primer día de regreso a la universidad en mucho tiempo, así que Laurie insiste en que salgamos a darnos un baño para animarme. No me toma mucho ceder, y cinco minutos después, estamos caminando por el parque en busca de un banco para sentarnos.

Una vez instalados, comenzamos nuestras profundas y significativas conversaciones drogadas. Me pregunta si ya he hecho algún progreso con Len y le miento y le digo que no, que todavía no quiero arruinar nada.

—¿Ya les contaste sobre tu enfermedad? —Ella me pregunta con cansancio.

—Le dije a Jav hace unos días cuando salimos juntos, y hoy le dije a Jenkies en la universidad, pero aún no he tenido la oportunidad de decírselo a Len —Le explico.

—Bueno, será mejor que lo hagas pronto antes de que sea demasiado tarde y él se entere por las malas —Ella me sermonea, a su manera de hermana mayor.

Me río y estoy de acuerdo, luego caemos en un silencio amistoso. Yo pensando en cómo y cuándo le voy a decir a Len. Y Laurie pensando en cuánto va a extrañar a su hermana pequeña una vez que se haya ido.

—¡Sin embargo, no puedo esperar a Ámsterdam! —digo, tratando de aligerar el estado de ánimo.

—Oh, lo sé, ¡estoy celosa! —Ella responde, poniendo una sonrisa falsa en su rostro para enmascarar la tristeza en sus ojos.

—¿Quieres ver la lista de canciones que van a tocar? —Pregunto.

—Sí, continúa entonces.

Saco mi teléfono y voy a la página de redes sociales de Tenacious Toes en busca de la lista de canciones.

Justo cuando lo encuentro, mi teléfono se queda en blanco.

—¿Que...? ¡La batería estaba en el cincuenta por ciento! —Yo protesto.

—Nos iremos ahora, de todos modos, ¿sí? —Dice, mientras se pone de pie y se aleja de mí, limpiándose la pequeña lágrima que cae de su ojo.

Mientras caminamos de regreso, un grupo de jóvenes camina en nuestra dirección. A medida que nos acercamos, reconozco a uno de ellos como Scary Lee, lo que significa que el resto de ellos son sus compañeros igualmente aterradores. Seguimos caminando, ocupándonos de nuestros propios asuntos, cuando el grupo se detiene frente a nosotros.

—Entréguennos todas tus cosas. AHORA —Exige un alto, flaco y encapuchado integrante del grupo.

—Todo lo que tengo es un teléfono roto —digo, y lo saco de mi bolsillo y les muestro la pantalla en blanco.

Scary Lee finalmente me reconoce una vez que hablo y da un paso adelante frente al resto del grupo.

—¿Qué le ha pasado? —Él interroga.

—No lo sé. Simplemente dejó de funcionar y esta pantalla no desaparecerá ahora —Le explico.

—Ah. Dame acá, creo que sé cuál es el problema", toma mi teléfono de mi mano y juega con los botones. Gira el teléfono para mostrarme que la pantalla está funcionando perfectamente de nuevo. El pícaro con capucha extiende su mano para tomar el teléfono como si nada, pero Scary Lee lo aparta y me lo devuelve a mí como si fuera nuevo.

—Oh... Gracias, Lee —Asiento con aprecio.

—No hay problema, Flic. Vamos —Le indica al resto del grupo, y nuestros enemigos encapuchados nos fruncen el ceño cuando nos cruzamos y lo siguen, presumiblemente para localizar un objetivo alternativo.

—¿Qué demonios fue todo eso? —Laurie se ríe.

—No tengo idea —Susurro. Me doy la vuelta y miro al grupo y veo que Scary Lee ya me está mirando.

Conduzco hasta Paradox Park y me encuentro con el resto del grupo, que ya está allí. Nos sentamos en nuestro banco de picnic favorito y liamos un porro. Jenkies saca una bolsa grande de plástico que contiene cientos de piezas de lo que parecen las hemorroides de un árbol. Len agarra la bolsa y examina los hongos dentro, como si fuera una especie de experto en drogas.

—¿Listos? —Comienza Jav, a lo que todos respondemos:

—¡Sí!

Todos tragamos un puñado de hongos cada uno y comenzamos a pasar el cigarro.

Len está visiblemente nervioso, pero, para conservar la credibilidad de la calle, también está tratando de ocultarlo de manera muy visible. Parece que Jav preferiría estar hecho un ovillo en la ducha que estar aquí tomando hongos con nosotros. Está sentado de mal humor, con el codo apoyado en la mesa, la barbilla desesperadamente balanceándose sobre un brazo flaco y torcido. Jenkies está relajado, asintiendo con la cabeza lentamente al ritmo de la suave melodía que sale del pequeño altavoz y llega a nuestros oídos ansiosos.

Una luz brillante cegadora se entromete en nuestro banco

de tranquilidad y todos miramos en dirección al auto, entrecerrando los ojos.

—¿Eso es un auto? —Len pregunta.

Sí, lo es. Y los faros están a plena luz en nuestra dirección. La puerta del coche se cierra de golpe y una persona se nos acerca. La veo caminar más cerca, sus rasgos ensombrecidos por la luz que se eleva detrás de ellos.

—¿Ryan? —La voz de una mujer grita

—No —Responde Len.

—¿Ryan está aquí? —La mujer pregunta de nuevo, caminando directamente hacia el banco y mirándonos a todos.

Me uno a la conversación.

—No, no está. Tampoco conocemos a nadie llamado Ryan.

—¿Están seguros de que no saben dónde está? —Ella reitera.

—¡Estamos seguros! —Jav grita, desde detrás de su capucha.

—Bueno... Si lo ven, díganle que vuelva a casa —Termina rápidamente y se aleja.

Podemos escuchar a su esposo gritarle para preguntarle si lo encontró, y ella responde que no. Vuelven al auto y se alejan, probablemente yendo a otro punto de encuentro de fumones para buscarlo. Eventualmente, llegamos a la conclusión de que Ryan debe ser el chico del año anterior a nosotros en la escuela secundaria, el que siempre se mete en problemas y se escapa de casa. Espero que lo encuentren pronto.

Apenas diez minutos después, Len grita:

—¡Vaya! —Con una mirada de miedo en sus ojos.

Sigo su mirada para identificar al fantasma que claramente acaba de ver, pero en cambio me encuentro frente a una figura encapuchada que camina hacia el banco. Me imagino que es solo otra persona que busca a Ryan.

—¡Está bien, ustedes saben hombres! —La sombra nos susurra—. ¡Soy yo, Gaz, ya me conocen! —Él repite.

No conozco a nadie que se llame Gaz, y mucho menos a alguien que pasee por un parque así de noche.

Se tambalea hasta el banco y se arroja sobre el asiento junto a Len para que ya no pueda verlo bien. Nos calla y todos callamos.

—La policía me está buscando —Nos informa amablemente, en una voz baja e inquietante.

Todos nos miramos preocupados, pero después de unos segundos, Jav pregunta por qué.

—Acabo de patear la cabeza de nuestro hijo, me debe dinero —Explica, con una voz inquietantemente tranquila.

Nos sentamos en silencio, sin saber realmente cómo reaccionar. De vez en cuando, él se pone nervioso y nos pide que guardemos silencio, o nos pregunta si podemos oír algo, lo cual no podemos, por lo que es obvio que está fuera de sí y paranoico. Pregunta si puede fumar algo del porro que estábamos pasando. Len se lo da, planeando no fumar más después de que Gaz haya tenido su turno.

Mientras enciende el encendedor, aprovecho la oportunidad para mirar su cara. La llama debajo de su rostro crea el mismo efecto que cuando se sostenía una linterna debajo de la barbilla mientras se contaba una historia de miedo cuando eras más joven, lo que lo hace parecer aún más aterrador. Parece tener unos veintitantos años, tiene ojos azules brillantes y piel oliva, cubierta por las cicatrices de su acné previamente profundo. Sus ojos se mueven de un lado al otro y están inyectados en sangre, y están siendo acariciados por anillos oscuros y pesados debajo de ellos, como si no hubiera dormido en meses.

Vuelve a quedar en silencio una vez que Gaz ha encendido el cigarrillo. Cada vez que levanta el brazo, me estremezco, pensando que se está balanceando hacia Len, quien sostiene mi mano y la aprieta cada vez que Gaz se mueve, lo que indica que siente la misma ansiedad que yo.

—Entonces, ¿cuán-cuántos años tienes tú, e-e-e-eh? —Len tartamudea de miedo.

—Shhhh... Veinti-seis... —Responde Gaz, susurrando de nuevo, pensando que la policía está agachada debajo del banco, lista para saltar sobre él en cualquier momento.

Nunca antes había visto a Len tan asustado, pero Jav y Jenkies parecen estar bien.

En un intento de incitarnos a irnos, Len pregunta:

—¿Es ese el último? —Refiriéndose al porro que Gaz acaba de tirar a los arbustos.

—¡No, nos quedan muchos! —Jenk responde.

Len y yo nos miramos en la oscuridad, con expresiones en nuestros rostros que dicen:

—*Por el amor de Dios, estamos muertos.*

Pero afortunadamente, después de lo que parece una eternidad, Gaz finalmente dice que es mejor que se vaya, en caso de que aparezca la policía. Se levanta del banco y nos da una advertencia:

—Si viene la policía, ustedes no vieron nada, ¿de acuerdo? —Él instruye, en lugar de preguntar.

—Sí, no hay problema —Todos respondemos.

Y se adentra más en el bosque.

—¿Qué carajo? —Jenk susurra.

Javan no parece estar ni remotamente desconcertado cuando contemplamos irnos, pero al final, decidimos no hacerlo, porque no hay otro lugar al que podamos ir. Entonces, solo tratamos de ponerlo en el fondo de nuestras mentes y disfrutar de la noche.

. . .

Cierro los ojos e inclino la cabeza hacia atrás, sintiendo la cálida brisa de verano acariciar mi rostro. Solo han pasado unos veinte minutos desde que tomamos los hongos, pero ya me estoy impacientando esperando el subidón, intentando cualquier cosa para reducir la anticipación.

—Estaba viendo este programa hoy, ¿saben? ¿Qué tan loco es esto? Todo en este mundo... No es real. ¡Boom! ¿Qué tal? —Declaro de repente.

—¿Qué? —Len niega con la cabeza y pone una cara demasiado confundida.

—Porque, claro, ya sabes cómo está científicamente probado que nadie ve el mismo tono de un color que los demás, así que básicamente todo lo que vemos es cualquier objeto al que le damos forma y color, al que le damos un nombre, al que le damos un propósito para ser lo que es.

—¡Flic, cállate! —Jenkies interrumpe.

Todos se giran para mirarlo, repentinamente encorvado con la cabeza gacha, casi debajo de la mesa, y con la capucha levantada.

—¿Estás bien? —Jav murmura.

Jenkies, como he dicho antes, es un niño de pocas palabras, por lo que en lugar de responder «No, no estoy bien», vomita sin moverse en absoluto.

—¡Vaya! ¡Se fue demasiado lejos al oeste! —Grito, me levanto del banco y me alejo unos pasos.

Len hace lo mismo, pero Jav simplemente se sienta lejos de Jenk. Puedo sentir el nudo formándose en mi garganta cuanto más lo pienso. Realmente no quiero que todos tengamos un mal viaje; No se me ocurre nada peor, de hecho.

Le doy un trozo de goma de mascar de mi bolsillo y bebe un poco de agua, y afortunadamente dice que se siente mucho mejor.

—Tal vez deberías consumir otro hongo, Jenkies, ¡ja! —Len bromea.

A pesar de ser una broma, toma otro.

Después de otra media hora, los hongos comienzan a atacarme. Cierro los ojos y empiezo a alucinar.

Todo lo que veo es negro, hasta que inclino la cabeza y, de repente, un círculo de elefantes gigantes de dibujos animados, de pie sobre dos patas con un estampado azteca de neón colorido y brillante que rebota en todo el cuerpo, comienza a bailar a mi alrededor. Sus baúles se balancean frente a ellos, evitando por poco golpearme en la cara, por lo que estoy tratando de esquivarlos. Tengo miedo, pero también disfruto del viaje al mismo tiempo. Los elefantes vuelan por encima de mí y dan la vuelta, situándose razonablemente más lejos de mí ahora. Los carruajes tirados por caballos, con el mismo estilo que los elefantes, comienzan a saltar, brillando con colores de neón, bailando y moviéndose al compás de los elefantes. Más objetos de cuentos de hadas se unen al círculo y pronto estoy rodeada de cientos de dibujos animados parpadeantes y danzantes a mi alrededor.

Mientras tanto, Len cierra los ojos y ve cómo se desarrolla su vida a través de escenas rápidas y deslumbrantes, cada una con un estilo diferente. Ve a su familia en la sala de estar, celebrando la Navidad, pero todos están representados por un elenco de títeres repleto de estrellas. Luego se ve a sí mismo, a mí, a Jav y a Jenk sentados en este banco, pero todos vestidos como piratas. ¡Y él es el capitán! Nos levantamos del banco y corremos hacia el océano donde el barco más grande que jamás hayas visto está atracado en la distancia.

—¡Vamos, Capitán! —Grita Jenkies, indicándole a Len que se suba al pequeño bote de remos con el resto de nosotros. Cuando llegamos al barco, la tripulación de piratas está cantando una canción sobre él mientras trabajan en la cubierta.

Se para al volante y respira hondo, y realmente puede saborear la sal en su boca.

El viaje de Jenkies viene después. Cierra los ojos y está viendo una caricatura irregular en un televisor animado púrpura; la melodía de introducción se desvanece y él y Len están teniendo una competencia para ver quién puede hacer el truco más genial, saltando desde este acantilado de seis metros. Jav y yo estamos sentados inmóviles y sin pestañear sobre una roca, mirándolos con sonrisas sin emociones en nuestros rostros, como si los animadores no tuvieran tiempo para la fecha límite del breve boceto. Len salta primero. Hace un par de volteretas hacia adelante y aterriza en la arena amarilla de abajo. Jenk salta desde el borde del acantilado, haciendo volteretas hacia atrás y hacia adelante, antes de aterrizar perfectamente. El rostro de Len se vuelve amenazador y exige una revancha. Caminan de regreso a la cima y Len salta de nuevo, mejor que la última vez. Segundos después de que el pie de Jenk deja el borde del acantilado, Len saca una trampa para osos gigante y la coloca donde Jenk debe aterrizar. Cae justo en el centro, y las enormes fauces de metal se cierran, partiéndolo por la mitad. Len emite una risa aguda e infantil, a la que sigue una pista de risas de niños sádicos muy divertidos, antes de que comiencen a rodar los créditos. Descansa en paz.

Finalmente, Jav parece aventurarse de regreso a la Segunda Guerra Mundial. Cierra los ojos. Está temblando y sudando. Es un soldado, sentado en un banco en medio del campo de batalla. Sus antebrazos están cubiertos de sangre y Len, Jenk y yo yacemos muertos en el piso fangoso alrededor del banco. Las bombas están destruyendo el suelo a nuestro alrededor y los soldados pasan corriendo, usando máscaras antigás.

Un soldado alemán se acerca a Jav y le apunta el cañón de su arma a la frente.

—¿*Qué estás haciendo, soldado?* —Le grita a Jav. Le ordena

pelear, pero no puede. Ni siquiera puede moverse del banquillo. El soldado agarra los brazos ensangrentados de Jav, sus dedos se clavan en las heridas y lo tira al suelo. El arma vuelve a apuntarle a la cara y no puede dejar de temblar. Cierra los ojos y escucha un disparo. Salpicaduras de sangre golpean su rostro, su cuerpo se tensa y deja de respirar. Oye que su cuerpo cae al suelo y abre los ojos lo más lentamente que puede. Jav mira el cadáver que ahora yacía frente a él. Está acostado boca abajo, pero su cabeza mira hacia un lado para que Jav pueda ver sus ojos sin vida y sin pestañear, y se ven tan familiares. Abro los ojos y parece como si esas visiones irracionales se hubieran escapado de mi imaginación a la realidad.

—Necesito ir al baño... —digo, esperando la confirmación de ir a por un pipí salvaje.

—Ve a por un pipí salvaje —Confirma Len.

Lo haré. Me levanto del banco y camino hacia el bosque. Encuentro un terreno llano y miro a mi alrededor. Lo siguiente que sé es que me despierto, acostada boca arriba, mirando el cielo despejado y estrellado. No puedo creer que ya me haya desmayado.

Vuelvo al banco riéndome y empiezo a explicar lo que acaba de pasar.

—¡Ayyy, blanquita! —Jenk se ríe.

—Hace como cinco segundos que te pusiste pálido —Yo replico.

De repente, un gran conejo blanco salta detrás de un arbusto distante al otro lado del campo. Da saltos gigantes y exagerados hacia nosotros para estar a solo unos metros del banco. Me mira con ojos grandes, rojos, sin emociones, sin pestañear y mueve la nariz antes de dar otro salto enorme a la hilera de arbustos a nuestro lado. Al otro lado hay un camino que recorre todo el largo del estrecho parque. Interrumpo el entretenimiento del grupo para contarles una historia.

—Chicos, el otro día, Laurie y yo salimos y vimos un par de conejos blancos y me arrepiento de no haberlos seguido cuando saltaban. Necesito seguir este —Me pongo de pie y ofrezco a todos la opción de venir conmigo por el camino polvoriento.

—Está bien —dice Len, y se levanta para seguirme hacia los arbustos.

Jav y Jenkies nos siguen al rato.

Mientras caminamos por el bosque, siguiendo a un conejo blanco gigante a través de un pasillo estrecho y oscuro de arbustos y árboles, decido preguntar cómo se sienten los demás.

—¿Todos están bien?

—Sí —Len murmura rápidamente y en voz baja.

—¡Sí! —Jenk grita, casi sonando agresivo en cierto modo, pero aún emocionado.

Javan ni siquiera se molesta en responder.

—¿Ustedes escuchan eso? —Len pregunta, hablando un poco más fuerte ahora.

—Sí... —Susurro, forzando mi oído.

Suena como la bocina de un auto viniendo desde la derecha del camino, aunque mucho más abajo que nosotros.

—¿Qué es eso? —Jenk reflexiona, mirando al cielo en busca de respuestas.

—Está gritando —Responde Javan.

Todos escuchamos más cerca ahora.

El conejo blanco se gira para mirarnos con sus grandes ojos saltones y rojos. Mueve la nariz varias veces antes de caer al suelo, dejándonos solos. De repente, vuelvo a la realidad. Nos quedamos solos en la oscuridad y el silencio ensordecedor, aparte de los gritos espeluznantes, por supuesto. Dejo de caminar por un momento, tratando de decidir si dar la vuelta y regresar al banco, pero antes de que pueda siquiera proponer la idea, Javan pasa junto a mí, en una misión para localizar la fuente de los gritos. Ninguno de nosotros pone objeciones a sus acciones, y voluntariamente lo seguimos por el camino nuevamente. Los gritos aumentan en su intensidad a medida que nos acercamos y pronto solo hay un pequeño grupo de árboles entre nosotros y la horrible escena que debe estar ocurriendo en la oscuridad detrás de ellos.

Doy un paso adelante y miro alrededor de un árbol.

La escena se desarrolla a partir de un remolino psicodélico gigante y veo a dos personas en el suelo entre las ramitas y las hojas verdes que han caído de los árboles gigantes e imponentes, que parecen acurrucarse a nuestro alrededor, obligándonos a mirar lo que sea que esté sucediendo. A lo que parece una velocidad inmensa, mi visión se acerca a la pareja luchando en el suelo. Ollie está de pie junto a alguien a quien apenas puedo ver desde detrás del pequeño arbusto que obstruye mi vista. Su brazo sigue volando en el aire y choca contra la persona que está en el suelo, provocando otro estallido de gritos agonizantes.

Doy un paso adelante, de alguna manera sin preocuparme por las consecuencias de mis acciones, para ver quién yace, medio muerto, detrás del arbusto. Miro hacia abajo y veo un plátano de tamaño humano que lleva un monóculo y un sombrero de copa negro. Está gritando a través de una sonrisa forzada y de aspecto doloroso mientras Ollie apuñala continuamente con un cuchillo en el costado, mientras sangre espesa y carmesí brota de las heridas. Sus pupilas oscuras se mueven lentamente de lado a lado a través de sus ojos grandes, anchos y blancos, a la manera de un muñeco de ventrílocuo malvado, y tan pronto como sus ojos se fijan en los míos, lo más fuerte que he escuchado sale de entre sus dientes apretados. Las palabras «¿LO CREERÍAS?» traquetean a través de mi cráneo, causando que me cubra los oídos y caiga de rodillas por el dolor.

Mientras tanto, la curiosidad de Len se ha despertado, a pesar de que los gritos son casi demasiado para él. Me ve colapsar en el suelo, agarrando mi cabeza y corre hacia mí y trata de preguntarme qué vi, pero parece que no puedo escucharlo. Necesitando ver por sí mismo, permanece agachado y se inclina hacia adelante para mirar alrededor del árbol. Se ve a sí mismo inclinado sobre Ryan y apuñalándolo en el costado del estómago mientras Ryan grita y le ruega a Len que se detenga, pero Len no se detiene, solo sigue apuñalándolo, cada vez con más fuerza que antes.

Len es incapaz de hacer otra cosa que no sea verse a sí mismo cometiendo un crimen atroz, aunque por dentro se grita a sí mismo que se detenga, pero sus ojos y su mente se sienten como si su cuerpo los hubiera tomado como rehenes. La claustrofobia y la impotencia lo paralizan, mientras se ve a sí mismo apuñalar al niño inocente, mientras más y más sangre se acumula alrededor de su cuerpo, filtrándose en el suelo seco debajo de él. De repente, una flor gigante surge del suelo junto a él. Es una rosa roja y gotea la sangre de Ryan. La sangre que ahora está en todas las manos de Len.

Al mismo tiempo, las drogas tienen un efecto completamente diferente en Jenk. Se siente increíble. Todo parece una caricatura, hasta la más mínima mota de suciedad en sus zapatos. Incluso los gritos no pueden disuadirlo de pasar un buen rato. Con todos mirando lo que está pasando, camina hacia el terreno rodeado de árboles de donde proviene toda la conmoción. Un gato negro dentado de seis pies de alto está parado sobre el diminuto cuerpo de un ratón marrón e inmóvil con orejas gigantes. El ratón está atado a cuatro árboles por cuatro secciones separadas de cuerda, atadas alrededor de sus extremidades, cada una estirada a longitudes inimaginables. El gato de repente saca una espada samurái gigante de detrás de su espalda. La sostiene en el aire por encima de la pata derecha del ratón y le dice algo en un idioma que Jenk no reconoce. El gato mira a Jenk con ojos fugaces y sonríe, mostrando su mueca felina, luego balancea la espada hacia abajo y corta la pierna del ratón con un solo golpe.

Sin embargo, no sale sangre cuando la pequeña extremidad cúbica cae suavemente al suelo y un coro de niños comienza a reírse a nuestro alrededor. El gato procede a cortar cada una de las extremidades restantes del ratón antes de apuñalarlo vigorosamente en el costado del estómago una y otra vez, hasta que el pequeño roedor se vuelve casi irreconocible.

Durante toda la caminata aquí, Jav no ha podido quitarse de la cabeza la imagen del rostro cubierto de cicatrices de ese soldado alemán y su arma apuntándolo directamente a él. No puede evitar notar las similitudes entre el soldado y Gaz. Está paranoico de que lo van a matar y realmente no quiere saber de dónde vienen estos gritos, pero aún necesita ver qué está pasando. Se para detrás del grupo y mira desde la distancia, ocultándose en la sombra de un gran árbol encorvado sobre su espalda. El soldado alemán está de pie junto a un joven británico. Ambos miran a Jav, el chico con ojos suplicantes y llorosos, uno con un corte gigante que le atraviesa la ceja. Y el alemán, con ojos gélidos, brillantes, azules, grita:

—¡*Muere!* —Y le sonríe a Jav mientras apuñala al niño en el costado del estómago y el niño vuelve a gritar de dolor. Jav cae hacia atrás contra el árbol y comienza a llorar en silencio mientras los árboles se acercan a él.

. . .

Recupero mi sentido del oído y noto a Len agachado a mi lado con su brazo alrededor de mis hombros. Miro a todos a mi alrededor y todos se ven tan mal como yo me siento.

—Deberíamos irnos —digo rápidamente, y todos corremos de regreso a través de la oscuridad total en dirección al estacionamiento. Todos nos subimos a mi auto y cierro las puertas.

—¿Todos ustedes vieron eso...? —Jenk pregunta, probablemente porque cree que él solo alucinó todo.

—Sí... —Desafortunadamente respondo, y también Len y Jav.

Apenas puedo hablar mientras trato de procesar todo lo que acabo de ver. Si ese era Ollie, ¿por qué no nos mató en lugar de dejarnos escapar? ¿Y por qué diablos vi un plátano gigante que se parecía a Bucket? Toda la situación simplemente no tiene sentido para mí. ¿Siquiera sucedió? Tal vez todos tuvimos un mal viaje y vimos algo que ni siquiera estaba allí. Nunca antes había experimentado algo así y espero no volver a hacerlo.

Len se pregunta si acaba de matar a Ryan. Pero, ¿cómo podría ser eso posible? ¡Se vio a sí mismo hacerlo! Él sabe que no puede decirle a nadie sobre esto, ¡ni siquiera a mí! Pero se pregunta si lo vimos hacer. Siente que no puede respirar; su corazón se está hundiendo hasta su estómago y luego empuja con fuerza hacia abajo en su pecho cuando finalmente vuelve a subir. No puede dejar de moverse y el silencio lo vuelve tan paranoico que el resto de nosotros sabemos que es un asesino.

Jenk también se pregunta qué diablos acaba de ver. Era casi exactamente lo mismo que su otra alucinación en el banco, por lo que debe haber sido solo otra. Pero entonces, ¿qué vieron todos los demás para reaccionar de la manera en que lo hicieron? Guao... Los hongos realmente no son lo que él pensaba que iban a ser. Se siente como una mierda. Sin delicadeza, solo estrés.

Jav no puede describir cómo se siente. Es como si todos sus peores temores se hicieran realidad. Se siente solo y deprimido, incluso más que antes. Ha odiado cada segundo de este viaje y no puede esperar a que termine. Siente que quiere que termine ahora, ahora mismo. Pero, ¿cómo puede detenerlo? Tal vez debería hacer lo que el soldado alemán le dijo que hiciera cuando lo vio en el bosque.

—¿Todavía vamos a dormir en la tienda? —Rompo el silencio.

—No puedo ir a casa —Insiste Len.

Sacamos la tienda del maletero y la montamos en un trozo de hierba lejos de donde vimos el asesinato. Entramos en la tienda de campaña para cuatro personas y nos quedamos en silencio durante unos momentos.

Fuera del silencio, alguien susurra con voz temblorosa y asustada:

—Los amo, muchachos.

Es lo más intenso que he escuchado.

UN DÍA DESPUÉS:
LA INVESTIGACIÓN COMIENZA

E mpacamos la carpa y nos subimos al auto dentro de los quince minutos de habernos despertado. Nadie dice una palabra. Es como si cada uno de nosotros estuviera viviendo una vida completamente diferente, de manera individual, pero haciendo exactamente lo mismo juntos.

Una vez en el coche, nadie quiere ir a ninguna parte. El silencio no puede ser roto por el sonido del motor de un auto.

—Vamos a caminar —digo, ya que estoy a medio camino del auto.

Ellos también vuelven a salir y caminan a mi lado. Decido caminar en sentido contrario, por el sendero natural, el más cercano al auto. Nos detenemos en un campo de ovejas donde hemos fumado antes y nos sentamos junto a la valla de madera desvencijada, en silencio.

—¿Vamos a hablar de lo de anoche? —Jav relaja un poco la tensión.

—No —Responde Len, como si estuviera a punto de vomitar.

Así que no hablamos de eso. De hecho, no hablamos en absoluto.

Caminamos de regreso, comenzando hacia la carretera principal, planeando caminar a casa. Recogeré mi coche mañana.

Incluso antes de llegar al cruce al final de la carretera, un coche de policía se detiene junto a nosotros y Len se detiene en seco. Me doy la vuelta y lo miro. Parece que está tratando de encontrar una ruta de escape rápida, así que me acerco a él y tomo su mano. Lo miro a los ojos, sin decir una palabra, y él se calma, pero sus ojos todavía están llenos de miedo.

Un oficial de policía calvo y de complexión fornida sale del lado del conductor, seguido poco después por una mujer más pequeña con cabello castaño largo que emerge del lado del pasajero. Ambos visten uniformes de policía con chalecos de alta visibilidad en la parte superior. Comienzan a caminar hacia nosotros, el hombre envía un mensaje a través de su walkie-talkie antes de gritarnos.

—¿Ese es uno de sus autos? —Pregunta, señalando mi auto, estacionado no muy lejos detrás de nosotros.

—Si, es mío —Le replico.

—Me gustaría hacerles algunas preguntas a todos, por favor —Se acerca muy serio, se detiene a un pie de distancia de nosotros mientras la mujer policía se queda junto al auto.

—Está bien. ¿Acerca de? —Pregunto.

—Los eventos de anoche. Verificamos las imágenes de las cámaras de seguridad del parque y vimos su auto entrando al estacionamiento anoche. Unas horas más tarde, se produjo un brutal asesinato más adentro del bosque. ¿Dónde estaban?

Fue real. No lo alucinamos.

Pongo mi mano sobre mi boca y me siento increíblemente mareada.

Javan cae de rodillas con la cabeza entre las manos. Len comienza a temblar y frota su mano de un lado a otro sobre su cabello. Jenk se queda allí parado y mira perplejo, junto con el oficial de policía que ahora sospecha de nosotros por asesinato.

—¿Vamos a dar un paseo a la estación? —Insiste, con voz muy grave.

Tomo una respiración profunda y digo que no hay necesidad, antes de explicar nuestra historia.

—Estábamos sentados en el banco de allí, fumando un cigarrillo después del trabajo. Pensamos que podríamos haber escuchado un crujido en el bosque, pero lo achacamos a los conejos que siempre están saltando en esta época del año y simplemente perdimos la noción del tiempo, así que decidimos armar la carpa que tengo en la maleta de mi carro, porque me sentí demasiado cansada para regresar todos a casa. Dimos un pequeño paseo en la dirección opuesta esta mañana y luego empezamos a hablar con usted.

—Entonces, ¿por qué reaccionaron de esa manera si no tuvieron nada que ver con eso? —Él pregunta.

—Estuvimos bromeando sobre lo que podrían ser los ruidos toda la noche. Nos sentimos terribles por eso ahora. Vuelva a revisar el circuito cerrado de televisión, verá que decimos la verdad —Interviene Jenk amablemente.

—Ojalá pudiéramos contarte más —Yo concluyo.

Toma nuestros nombres y números de teléfono y dice que se pondrá en contacto nuevamente pronto, luego ambos policías regresan a la patrulla y se van.

—Llevaré a todos a casa, vamos —digo, y todos nos damos la vuelta y caminamos de regreso al auto.

Me presento a trabajar a las 7:00 pm en punto y todavía estoy sin palabras. Pongo un patético intento de sonreír en mi rostro y espero que repele cualquier pregunta de los clientes habituales. Como si mi noche no pudiera ser peor, Francis está sentado en la barra con su esposa y Phillip y el resto de ese grupo están sentados en la mesa frente a la barra nuevamente. No saludo a nadie en el bar, solo me apoyo en la máquina que limpia los vasos y miro uno de los cuadros en la pared.

—¿En qué estás pensando? —Escucho a alguien a mi lado decir.

Levanto la vista y veo a Philip de pie en la barra, inclinado hacia mí. Lo miro a los ojos, igualando su mirada helada antes de soltar una pequeña risa sin siquiera sonreír.

—¿Qué te puedo ofrecer? —Yo le pregunto.

—Nada, solo vine a hablar contigo —Él comenta.

—Ah, está bien... ¿Sobre qué?

—Cualquier cosa. ¿Qué hiciste anoche? —Toma un trago de su pinta sin apartar los ojos de los míos mientras lo dice.

—No mucho. Solo me quedé con algunos compañeros. ¿Qué hiciste tú? —Le pregunto a cambio.

—¡Estaba en una cita! —Él sonríe.

—¿Oh sí? ¿Eso significa que ya no me invitarás a salir? —Bromeo, esperando que la respuesta sea sí.

—Bueno... Si quieres tener una cita conmigo... —Me guiña un ojo.

—Estoy bien, en realidad —Respondí, borrando la sonrisa de su rostro. Su nueva expresión resuena con un leve toque de ferocidad por haber sido rechazado.

Me preparo para confrontarlo por habernos seguido a mí y a Jav el otro día, pero alguien al otro lado de la barra está esperando a ser atendido, así que me voy sin decir una palabra más y Philip va y se vuelve a sentar.

Extrañamente, Francis está siendo extremadamente amable

conmigo esta noche. Bromea conmigo sobre las dificultades de usar anteojos y no se queja ni una sola vez de mis terribles habilidades como coctelera, lo que me pone de mejor humor.

El turno transcurre rápidamente a partir de ese momento y una vez que estoy en mi auto, reviso mi teléfono y encuentro un mensaje de texto de Len:

«Hola. ¿Puedes venir?»

Obviamente, digo que sí, y salgo de inmediato. Me detengo en la acera afuera de su casa y antes de que salga del auto, él está parado en el arco de su puerta principal, esperándome.

Se ve casi como un dios con su brillante cabello rubio ondulado ligeramente sobre su frente y la tenue luz brillando detrás de él. Me acerco a la puerta y él se hace a un lado para dejarme entrar. La casa es cálida y bulliciosa con el ruido de la cocina y la sala de estar. Entramos en su habitación, que está justo al lado de la puerta principal, y me siento en la cama.

—¿Estás bien? —Pregunto, mientras lo veo pasearse de un lado a otro de su habitación.

—¡No puedo manejarlo, Flic! —Él entra en pánico.

—Lo sé. No deberíamos haberle mentido a la policía de esa manera —Yo lo admito.

Pero eso no es a lo que se refiere.

—No, Flic. No es eso.

Sacude la cabeza y se sienta a mi lado. Está entrelazando sus dedos vigorosamente y su rodilla tiembla más rápido que nunca, enviando una vibración constante a través de la cama y profundamente a mis huesos.

—¿Entonces qué es? —Pregunto con preocupación, poniendo mi mano en su rodilla.

—¡Yo maté a Ryan! —Grita, antes de poner su cabeza entre sus manos y temblar incontrolablemente.

—Len, ¿de qué estás hablando? —Estoy convencida de que

no pudo haber sido él pero, por la forma en que reaccionó, me estoy volviendo insegura.

—Yo lo vi. Me vi apuñalando a Ryan.

—¿Cómo pudiste haberte visto a ti mismo?

—¡Yo estaba viendo!

—Estabas alucinando —Trato de tranquilizarlo, incluso le pongo la mano en su rodilla.

Me mira con ojos tristes bañados en lágrimas.

—Entonces... ¿No era real? —Él pregunta.

—Lamentablemente, creo que fue real... Pero vi a Ollie, no a ti.

—Ollie... —Reflexiona, tratando de recordar de quien se trata—. ¡Oh mierda, me olvidé completamente de él! Tiene que ser él. ¡Estaba tan dudoso en la universidad! —Él recuerda.

—Bueno, sí, pero no sé si puedo creer todo lo que vi.

—¿Qué quieres decir? —Él pregunta.

—Tú viste cómo asesinaban a Ryan. Yo vi un plátano gigante que se parecía a Julian Bucket... —Explico lentamente.

Nos miramos el uno al otro por un momento antes de que una pequeña sonrisa comience a formarse en su rostro, obligándome a corresponder. Muy pronto, los dos estamos rodando por la cama llorando de risa.

Me pregunta si me quedaré con él esta noche y acepto, principalmente porque siento que solo necesito la compañía de alguien que entienda con lo que tengo que lidiar en este momento. Vemos juntos una serie de televisión acurrucados en la cama, antes de quedarnos dormidos.

CINCO DÍAS DESPUÉS:

AMSTERDAM

¡**E**s nuestro último día en la universidad, para siempre! Aparezco muy animada mientras camino con Jenkies a nuestra lección de medios. En nuestro recorrido por el largo pasillo, vemos a Ciggsy saliendo de otro corredor a la derecha. Él nos ve y se une a nosotros en nuestra caminata.

—¿Creen que Ollie vendrá hoy? —Él pregunta.

—Definitivamente, pero llegará tarde otra vez, y Gilbert no estará muy feliz —Respondo.

—Amo a Ollie —declara Ciggsy, yo espero que esté bromeando.

Entramos en el aula y nos sentamos en nuestros asientos habituales uno al lado del otro.

Nuestra profesora, Gilbert, entra y habla sobre lo que vamos a cubrir hoy. En medio de su discurso muy informativo, Ollie abre la puerta del salón de clases e intenta caminar hacia su asiento, que desafortunadamente está al lado del mío.

—¿Por qué llegas tarde? —Gilbert frunce el ceño molesta.

—Redecorando —Susurra Ollie con su voz escalofriante,

aguda y un poco rota, hablándole a Gilbert desde debajo de sus cejas.

Gilbert solo lo mira, un poco aterrorizada, y no dice más.

Ciggsy, Jenk y yo estamos tratando desesperadamente de no reírnos de él y de su loca excusa por llegar tarde, mientras se arrastra hacia la mesa y se sienta, mirándonos a los tres, tratando de matarnos con sus ojos.

La lección comienza y somos libres de hablar entre nosotros mientras trabajamos.

Estamos hablando de todos en nuestra clase y puedo ver que Ollie está fingiendo no estar escuchándonos, pero claramente lo está haciendo.

—¡Me encanta mirar todas estas caras hermosas! Incluyendo a... Ollie. Tengo miedo —Ciggsy pronto deja de bromear cuando Ollie inmediatamente nos mira cuando mencionamos su nombre por primera vez.

Sin embargo, no puedo contener la risa y mis ojos comienzan a llenarse de lágrimas. Jenk se cubrió la cara con la mano y se ríe en silencio para sí mismo, pero aún se pueden ver sus hombros moviéndose hacia arriba y hacia abajo, y Ciggsy está mirando la pantalla de su computadora portátil con los ojos muy abiertos y una expresión en su cara de «eso fue divertido, pero ahora estoy en peligro».

Una vez que Ollie mira hacia otro lado, Ciggsy nos susurra a los dos:

—¿Entonces lo viste alcanzar su bolso? ¡Estaba cien por ciento a punto de dispararle a la clase!

A pesar de que Ciggsy tomó fotos de Ollie y nosotros tres riéndonos de él frente a su cara, logramos salir vivos de la lección y caminamos juntos hacia el estacionamiento.

Tomamos un atajo a través de un pequeño camino de barro y vemos a Ollie unos pasos delante de nosotros. Ciggsy comienza a decir su nombre, cada vez más fuerte, para ver si se da la vuelta, lo cual hace, al mismo tiempo que nos lanza una mirada maligna. Finalmente salimos del camino y estamos a punto de cruzar la calle, con Ollie parado no muy lejos todavía, cuando Jenk tiene una epifanía.

—¡Nunca volveremos a ver a Ollie! —Él grita, mientras la realización aparece en su cabeza.

Ollie se da vuelta y mira de nuevo, y cruzamos corriendo la calle riendo y gritando con terror fingido.

———

Llegamos a casa por unos minutos antes de agarrar nuestras maletas y poner rumbo al aeropuerto. Llegamos allí y nos dirigimos directamente al bar, compramos una pinta cada uno y nos sentamos en una mesa pequeña para ver los mejores momentos de la Copa Mundial de la noche anterior. Llevo la mitad de mi bebida cuando miro el tablero de salida y veo nuestro vuelo con las palabras CIERRE DE PUERTAS resaltadas en un color rojo brillante de pánico. Les digo a todos que la puerta se está cerrando pero ellos lo niegan; Seguro que no, ¿acabamos de llegar? Pero una vez que se giran y ven el tablero, tomamos el resto de nuestras bebidas y corremos a través de las terminales hasta nuestra puerta de embarque.

A lo lejos, vemos a un hombre pequeño que sostiene un papel en el mostrador de embarque.

—¿Van a ir a Ámsterdam? —Nos grita y al grupo de muchachos que caminan frente a nosotros.

—¡Sí! —Todos gritan de vuelta, Javan golpeando el aire y haciendo un giro de tres sesenta grados.

—Está bien, amigo, cálmate —Me río, pero solo él no lo encuentra gracioso.

Me siento junto a Jav en el avión y lo veo jugar un partido

relacionado con el fútbol en su teléfono mientras habla sobre fútbol al mismo tiempo.

Jenkies nos dice que su hermana vino aquí unas semanas antes y le cobraron doscientos euros por un taxi desde el aeropuerto, por lo que decidimos que tendremos mucho cuidado con nuestras opciones de transporte cuando lleguemos allí.

Esta idea vuela rápidamente por la ventana porque, tan pronto como cruzamos las puertas automáticas del aeropuerto hacia el calor del verano, un hombre con un cartel de taxi corre hacia nosotros y prácticamente nos secuestra, llevándonos a un estacionamiento de varios pisos. Una vez en el coche, mantiene una conversación telefónica muy acalorada con su mujer en otro idioma.

—Esto va a ser muy costoso —Me susurra Len por un lado de su boca. Solo lo miro y me río.

—Lo siento por eso, chicos. Esposas, ya saben —dice el taxista.

Y todos asentimos y nos reímos como si supiéramos.

—Ustedes jóvenes, ¿Han estado aquí antes? —Él nos pregunta.

—No, es la primera vez —Responde Jenk.

—Bien, entonces —Comienza—, no querrán ir a ninguno de estos lugares turísticos como The Bulldogs. Son famosos, sí, pero la yerba es una mierda, te da sueño, ¿eh? Los llevaré a uno de mis favoritos, allí la hierba es buena.

Y ahí es donde nos bajamos: una cafetería de aspecto tropical con un pequeño mostrador de seguridad en la parte delantera.

—Son sesenta y cinco euros, por favor, muchachos —Anuncia, una vez que nos dice la mejor hierba para comprar.

Miro a Len y hace una mueca que significa «no está mal», así que pagamos y nos vamos.

Una vez en el mostrador, un hombre de piel bronceada y cabello oscuro pide ver nuestra identificación. Pedimos nuestra hierba en ese mostrador y entramos.

Los mejores momentos de un partido diferente están ahora en la televisión, así que nos sentamos, vemos el resumen y discutimos el próximo partido de Inglaterra contra Croacia. Esta hierba que estamos fumando es cien veces mejor que cualquier cosa que hayamos probado en casa y definitivamente podemos sentirla. Después de un porro me siento entumecida por completo, pero de una manera agradable. Miro a Len que está sentado al final de la mesa y no se ve saludable. Le tiemblan las piernas y constantemente gira la cabeza y mira a todo el mundo.

—¿Qué sucede? —Yo le pregunto.

—Esto no se siente bien —dice refiriéndose a fumar en el interior sentado junto a extraños que también fuman hierba.

Le digo que venga y se siente a mi lado, lo cual hace, y después del siguiente cigarro finalmente se relaja y se recuesta en la silla, acariciando una hoja de plástico que cuelga de una planta tropical gigante en la esquina junto a nosotros.

—¿Por qué estás acariciando esa hoja? —Pregunto confundida pero divertida.

—No sé, no puedo evitarlo —dice y rápidamente suelta la hoja.

Después de literalmente un minuto, estamos en medio de la conversación y veo que su mano se eleva lentamente hasta su hombro, donde cuelga la hoja, y comienza a acariciarla de nuevo.

—¡La estás acariciando de nuevo! —Le señalo.

Se mira la mano y la aparta de la hoja de nuevo, como si le tuviera miedo. Quizás tenía vida propia.

Terminamos en la cafetería y tomamos un taxi hasta el hotel. Pedimos servicio a la habitación, jugamos a las cartas y fumamos hierba hasta la madrugada. Len y yo regresamos a nuestra habitación y está hirviendo. Nuestra habitación no tiene ventilador, así que dejamos la ventana abierta para que entre aire fresco, pero de todos modos no ayuda mucho.

A la mañana siguiente, después de una larga discusión, decidimos que deberíamos volver a probar los hongos y ver si nos va mejor que la última vez; Bueno, definitivamente no puede ser peor. Pero antes decidimos ir al museo del sexo y a la casa de Ana Frank y nos compramos unos porros para llevar con nosotros. Fumamos uno y entramos al museo. Mientras esperamos en la fila, escuchamos el audio a todo volumen de un acto sexual muy intenso que tenemos que gritar para comprar nuestros boletos. Hay fotos de sexo raro por todas partes y nos pasamos todo el tiempo haciendo bromas y riéndonos de la más mínima cosa. Entramos y salimos en diez minutos y comenzamos a caminar por el canal hacia la casa de Anne, fumando un par de porros más y devorando un pastel espacial en el camino. Una vez que llegamos allí, nos paramos en la acera al otro lado de la calle y miramos hacia la alta casa adosada, absorbiendo toda la desgarradora historia del lugar.

Después de un par de comentarios cuestionables, nos damos cuenta de que no estamos en el estado de ánimo adecuado para esto, así que decidimos ir a la tienda de hongos mágicos y comprar las trufas más fuertes, luego llevarlas de vuelta al hotel.

Todos estamos extremadamente preocupados por tomarlos, por lo que sucedió la última vez, pero nadie ha dicho nada desde entonces.

—No sé si quiero hacerlo —Se estremece Javan.

—Vamos, Jav, estaremos bien. Aquí no puede pasar nada malo, estamos en una habitación cerrada y todos estamos de buen humor. Solo relájate —Trato de convencerlo.

Funciona, y él decide que lo hará, a pesar de que todavía no quiere.

Encendemos la televisión y pasamos por los canales extranjeros antes de chocar una seta como si fueran bebidas y empezamos a masticarlas. Seguido de más y más.

Decidimos jugar Uno mientras esperamos que hagan efecto. Jav está en Uno y Jenkies le pone una carta para recoger cuatro. Tira su última carta y grita:

—¡Odio este juego!

Todos nos reímos del shock y le pregunto qué le pasa.

—Estamos actuando como si nunca hubiera sucedido, ¡ni siquiera hemos hablado de eso desde entonces! ¡No puedo lidiar con esto por mi cuenta! —Él grita.

—¡Jav, cálmate! No hemos hablado de eso porque ni siquiera vimos que realmente sucediera —Responde Len, sonando muy nervioso.

—No nos pongas de mal humor, Jav, queremos disfrutar este viaje —Insiste Jenk.

Jav se levanta de la cama e irrumpe en el baño, cerrando la puerta detrás de él.

Todos nos miramos y ponemos los ojos en blanco, sonriendo levemente mientras lo hacemos.

—Tengo una idea —dice Jenk con una sonrisa.

Se levanta y camina hacia la pared donde está el interruptor del baño encendido y lo apaga.

Todos nos sentamos en silencio a la espera de un grito de rabia, o cualquier cosa. Pero no escuchamos ni pío. Después de un minuto más o menos empezamos a preocuparnos y gritamos su nombre. La puerta se abre lentamente y en voz baja y susurrante nos dice:

—Entren aquí, ahora.

Todos nos miramos desconcertados, pero de todos modos entramos en el diminuto baño cuadrado. La luz de nuestra habitación inunda el baño a oscuras para revelar a Jav encaramado en la tapa del asiento del inodoro. Jenk se sienta en el lavamanos, así que yo me siento en una de las rodillas de Jav y Len se queda de pie al lado de la puerta, la cual se le dice que la cierre.

—Bienvenidos al Hoyo de Ket... —Anuncia misteriosamente Jav.

Observamos en completo silencio y completa oscuridad hasta que Len grita asombrado. Empiezo a mirar alrededor de la negrura y de repente, con extremo detalle, hasta cada mechón de cabello, los contornos blancos de un tiro de caballos pasan a mi lado al galope. Por alguna razón, los hongos me dan ganas de arañar y morder constantemente, así que, sin darme cuenta, estoy arañando vigorosamente la rodilla de Javan, pero estamos demasiado distraídos para que ninguno de los dos se dé cuenta. Después de unos diez minutos de estar sentado en la oscuridad gritando "¡Guau!" ante todas las increíbles alucinaciones que estamos viendo, Jenk abre la puerta, llenando el baño una vez más con una luz amarilla brillante, devolviéndonos a la realidad mientras nuestras alucinaciones desaparecen bajo los rayos de la deslumbrante luz del sol que entra por las ventanas del dormitorio. Lo que una vez fue una hermosa visión de majestuosos caballos con sus melenas relucientes flotando con gracia en el viento, ahora es una pequeña ducha sin cortina ni puerta y con paredes blancas a su alrededor.

Regresamos al dormitorio y nos acostamos en la cama.

—Deberíamos salir, hay un parque a unos veinte minutos —No digas más, Jenkies.

Reunimos nuestras cosas en menos de diez segundos, incluida la mini pelota de fútbol que Len compró esta mañana, y nos dirigimos directamente a la entrada principal del hotel. Tengo conmigo una botella de agua de dos litros, que ya comencé a rascar por el fondo.

Avanzamos dos minutos por la carretera antes de detenernos y sentarnos en el borde del canal, observando cómo se eleva el puente para permitir el paso de un barco de carga y estamos tan fascinados que nos quedamos allí durante media hora simplemente viendo cómo se nos cuelgan los pies sobre el agua turbia que susurra debajo, comiendo algunos hongos más mientras tenemos la oportunidad.

—¿Seguimos adelante? —Jav pregunta y todos estamos de acuerdo en que deberíamos.

Damos unos treinta pasos más adelante en el camino antes de ver una gran caja eléctrica de metal y terminamos parados a su alrededor asombrados por otra cantidad de tiempo considerable.

Doblamos la esquina y vemos un pequeño parque infantil frente a una larga hilera de apartamentos adosados. Corremos hacia allá y empezamos a subirnos a todos los equipos. Juego a la rayuela en una cuadrícula de cuadrados claramente dibujada en el suelo por algunos niños. Una vez que llego hasta el final, sintiéndome con la mayor energía que tengo en años a pesar de mi enfermedad, miro hacia arriba y veo un gato atigrado de color jengibre con un pañuelo azul alrededor del cuello. Me acerco a él y extiendo mi mano para acariciarlo, pero se escapa. Por ahora, hemos estado aquí durante otra media hora, por lo que Jav dice que deberíamos seguir adelante. Empiezo a alejarme y tan pronto como me pongo frente a Jenk, levanta la mano para indicarnos que nos detengamos.

—¡Esperen! —Jenk se acerca al gato, mirándolo a los ojos, el gato mirando hacia atrás, casi como si estuviera en trance. Mantiene su mano en la misma posición mientras comienza a acercarse lentamente al gato. Se miran a los ojos como si supieran los secretos más profundos y oscuros del otro y el gato comienza a imitar los movimientos de Jenk. Nos quedamos allí a la distancia, observando con incredulidad cómo hechiza al gato atigrado. Se acerca a él, se inclina y lo acaricia una vez de la cabeza a la cola.

—¿Quéeee? —Grito, en parte por el asombro y en parte porque estoy celosa de que el gato no me dejó acariciarlo.

Jenk me mira y dice «ven», indicándome que lo haga también con el gesto de la mano. Me acerco y el gato me permite acariciarlo. Se siente tan suave y puedo sentir cada cabello individual deslizándose por mi mano fría.

—Vamos, Doctor Nada, se supone que el parque está a veinte minutos de aquí y ya llevamos casi dos horas afuera — grita Jav hacia nosotros.

—Solo diviértete, Jav. ¿No sientes nada? —Yo le pregunto.

—Sí, pero solo quiero seguir adelante —Y se aleja de inmediato.

Si no estuviera consumiendo hongos, la actitud de Jav probablemente me habría molestado, pero en cambio me río y sigo.

Tomamos un atajo detrás de una estación de gasolina y nos lleva a una vía de tren abandonada y algunos mecánicos de aspecto deteriorado y otras tiendas extrañas. Mientras caminamos, un pájaro enorme y destrozado vuela hacia abajo y se posa en un bolardo de madera al otro lado de las vías hacia nosotros.

—Apuesto a que puedo domar a ese pájaro —Desafía Jenk.

—¡Definitivamente puedes! ¡Creo en ti! —Lo animo.

El pájaro debe habernos escuchado porque mueve su cabeza gris con volantes en nuestra dirección, sus pequeños ojos circulares y brillantes nos examinan a cada uno de nosotros individualmente.

Jenk se acerca lentamente, mirándolo a los ojos, como hizo con el gato. El pájaro mira al frente pero mantiene una intensa mirada lateral sobre Jenk y cada uno de sus movimientos.

—¡Adelante, Jenkies, quiero ver que esto suceda! —Len se une.

Lo observamos y esperamos a que haga un movimiento, pero un grupo de corredores pasa saltando y asusta al pájaro, por lo que Jenk da un paso atrás. Pero muy pronto, sin embargo, está listo para acercarse de nuevo y, después de un rato de esperar cuidadosamente su momento, pasa el dorso de su mano elegantemente a lo largo del ala del pájaro.

Empiezo a aullar de risa por lo asombroso que es que pueda domar a cualquier animal que quiera, pero pronto me quedo atónita y silenciosa cuando el pájaro trata de picotear su mano con su largo pico negro. Todos gritamos y reímos y nos escapamos un poco más abajo de las vías.

—Tienes cien por ciento de rabia ahora, Jenkies —digo.

—Sí, ese pájaro estaba asqueroso, no me toques —Continúa Len y todos nos reímos.

No tenemos que caminar mucho antes de encontrar algo más con lo que podamos jugar en forma de una pila de tubos de metal gigantes apilados uno encima del otro, formando una pirámide. Dos de nosotros nos paramos a cada lado y nos miramos cara a cara a través de los agujeros en el medio. Len lanza la pelota por un lado y Jenk la atrapa en el otro extremo antes de volver a lanzarla hacia nuestro lado.

—¡Déjame intentarlo! —Len me pasa la pelota y doy un paso atrás.

Lanzo la pequeña bola con una fuerza razonable y de alguna manera falla cada hoyo y rebota hacia mí y me golpea en el hombro. Dejé escapar un rápido "¡AH!" y corro detrás de la pelota. La recojo y la tiro hacia las tuberías de nuevo. Por segunda vez, rebota hacia atrás y me golpea en el otro hombro, así que me lanzo hacia atrás dramáticamente y no puedo dejar de reír.

—Flic, hay alrededor de nueve agujeros gigantes, ¿cómo te

los estás perdiendo a todos? —Len condesciende y se acerca para quitarme la pelota.

—¡Un intento más! —Yo exijo.

Me acerco a las tuberías y golpeo la pelota en una de las tuberías más altas y Jenk la atrapa en el otro extremo. Nos dice que la va a tirar por el tubo superior, lo cual hace, así que Len y yo esperamos a que la bola caiga por el final, pero nunca lo hace. Len y yo nos miramos, y luego miramos a Jav y Jenk a través de las tuberías.

—Oh, mierda —dice Len.

Pero no te preocupes, Jav al rescate. Lanza una botella de agua en la tubería, enviando ambos artículos volando hacia mí y Len.

Decidimos seguir caminando para reducir las posibilidades de que volvamos a perder el balón. Mientras nos pavoneamos por el pueblo vaquero abandonado, todos estamos haciendo lo nuestro, mirando a nuestro alrededor todo lo que podemos mirar. Me acerco a Jenk, que está mirando la pared y riéndose. Miro la pieza gigante de metal azul que capta su atención, pero no veo nada allí.

—¿De qué te ríes? —Yo le pregunto.

—Solo esta pared —Se ríe, se encoge de hombros y sacude la cabeza.

Finalmente llegamos al parque, pero seguimos caminando porque a lo lejos vemos un famoso estadio de fútbol y sabemos que al lado hay un pequeño campo de fútbol que lleva el nombre de uno de los más grandes futbolistas de la historia. Llegamos allí y es tan bueno como esperábamos. Nos divertimos mucho lanzando penaltis entre nosotros, pero después de una hora me aburro y decido echar un vistazo más de cerca al estadio. Miro las banderas que ondean y los focos gigantes que se asoman detrás de los intimidantes muros del coliseo y pienso en todos los maravillosos recuerdos que la gente ha tenido aquí, todas las lágrimas de alegría y, por supuesto, de tristeza. Puedo escuchar a la multitud vitoreando y cantando los nombres de sus jugadores estrella. Siento las vibraciones de la euforia a mi alrededor, persistentes en el aire de los años pasados.

No sé cuánto tiempo estoy parada allí, pero cuando me doy la vuelta para mirar el campo, apenas puedo ver a los muchachos a través de la oscuridad de la noche que parece haberse apoderado de nosotros de repente. Hay una estatua de Johan Cruyff y otro futbolista fuera del estadio. Señala el momento en que Holanda recibió un penalti en el primer minuto de la Copa del Mundo de 1974 contra Alemania Occidental. Está hecha de piezas de metal que parecen haber sido pegadas y aplanadas. Siento la necesidad de agarrar una de sus muñecas, como si realmente fuera él y esta fuera una oportunidad única en la vida, así que lo hago, pero hace mucho frío, así que lo suelto rápidamente. Me paro frente a la estatua y miro el rostro del atleta de metal. Pronto, sin embargo, comienza a asustarme porque parece un gran hombre de metal corriendo hacia mí. Len viene detrás de mí y me da un abrazo, preguntándome qué estoy haciendo aquí por mi cuenta. Le digo lo que he estado mirando y hablamos de la estatua.

—¿Recuerdan esa película con los argonautas y esa gran estatua que cobra vida y trata de matarlos a todos? —Pregunto.

—Nunca había visto eso —Se ríe, probablemente porque describí la parte más ridícula de la película.

Entonces, empiezo a describir la escena donde la estatua gigante intenta matar a todos los argonautas de Jason, acompañando mi relato con demostraciones infantiles. Lo miro mientras termino mi descripción animada y él está parado allí, sonriéndome contemplativamente, como si estuviera orgulloso de estar en este momento conmigo.

—¿Qué? —Pregunto tímidamente.

Me atrae hacia él y me da un abrazo y yo sonrío para mis adentros mientras apoyo mi cabeza en su musculoso pecho. Nos quedamos en silencio por un momento, simplemente disfrutando estar juntos y estar tan cerca el uno del otro.

—Flic... —Empuja mis hombros lejos de él un poco, para hacer que lo mire.

—¿Sí? —Levanto la cabeza y miro sus suaves y cristalinos ojos azules.

—Te quiero mucho, lo sabes. Es raro, nunca me había sentido así antes... Realmente te quiero como mi novia, Flic.

Me las arreglo para mirarlo por unos segundos más antes de ser abrumado por cada emoción que alguna vez existió, así que rápidamente pongo mi cabeza sobre su pecho mientras trato de contener las lágrimas. Sin embargo, no puedo evitar llorar, porque en este momento me sorprende la feroz comprensión de que yo también siento exactamente lo mismo, y es una comprensión que se vuelve aún más poderosa y desgarradora al saber que solo estaremos juntos unos meses más.

—Si no estuviera tomando hongos, también lloraría —dice, y ambos nos reímos un poco, mientras limpia las lágrimas de mis mejillas.

Miro al suelo mientras me acaricia el pelo y decido que tengo que decírselo: es ahora o nunca.

—No puedo ser tu novia, Len.

—¿Por qué no? —Su rostro se transforma en un ceño fruncido.

—No es porque no quiera serlo, realmente lo quiero. Pero no voy a estar mucho más tiempo —Le explico, tratando de suavizar el golpe, pero él no lo entiende.

—¿Qué quieres decir? —Él pregunta, y así le explico sin omitir nada.

Él escucha en silencio y me destroza ver la mirada en su rostro. Le cuento cuándo noté por primera vez los síntomas y el primer diagnóstico. Puedo ver que no puede entender cómo no sabía nada de esto antes.

—Entonces, no hay nada que puedan hacer ahora que he rechazado la quimioterapia, piensan que no llegaré al próximo año —Concluyo.

Solo se pone de pie y me mira, escaneando mi rostro para asegurarse de que no le estoy jugando algún tipo de truco cruel. No dice nada durante mucho tiempo.

—Sin embargo, todavía quiero que seas mi chica, Flic. Te amo. No quiero a nadie más —dice, mirándome profundamente a los ojos, su pulgar frotando mi mejilla.

Esto me hace llorar de nuevo, pero esta vez sonrío y asiento con la cabeza.

—Vamos a tener el mejor año. Juntos —digo, y sostengo sus manos grandes y suaves en las mías y las aprieto con fuerza.

Se inclina hacia adelante y me besa suavemente en la frente.

(Más tarde me dice que este fue uno de los mejores momentos de su vida, a pesar de las horribles noticias, e incluso ahora, solo pensar en la honestidad detrás de sus palabras esa noche me hace sonreír)

Regresamos al campo donde Jenk y Jav siguen pateando el balón. Jav me mira con ojos grandes y tristes antes de darse la vuelta para seguir jugando. Me siento en la línea de banda y observo a los tres pasándose el balón entre ellos y disparando a la portería, tratando de mostrarse unos a otros lo hábiles que son. La pelota se precipita hacia Jenkies y él la patea demasiado fuerte para que vuele por encima de la alta valla de malla verde y ruede por la orilla del otro lado y luego salpique en el canal detrás de la cancha. Por unos segundos no decimos nada, solo nos miramos, y el canal, con la boca abierta, Jav con las manos en la cabeza con incredulidad.

—¡Nooo, eso no puede pasar! —Él grita.

Mientras me siento allí y los veo caminar hacia el canal uno por uno, tengo la sensación de que aún no hemos visto lo último de esa bola.

—Lo recuperaremos —Les digo, pero no creo que me escuchen.

Los miro por un minuto antes de volver a jugar un juego en mi teléfono. No mucho después, escucho a alguien gritar:

—¡Sí, Jav! —Detrás de mí. Giro la cabeza y veo a Javan aparecer desde detrás de las orillas cubiertas de hierba del canal, agarrando la pelota de fútbol mojada en sus manos. Me sonrío con aire de suficiencia, habiendo sabido todo el tiempo que íbamos a recuperar el balón.

Ellos continúan jugando al fútbol durante una hora más, comiendo los últimos hongos entre disparos, pero pronto se vuelve más oscuro y frío, y los personajes sórdidos comienzan a emerger de las sombras, por lo que decidimos caminar de regreso.

En el camino al parque, Jenk nos guio a través de Google Maps, pero cuando comenzamos a caminar de regreso, nos damos cuenta de que no necesitamos un mapa porque recordamos habernos detenido y mirar otra vez todo lo vimos en el camino de ida. En el camino, Len pide un trago de agua de la botella que he estado sosteniendo todo el día. Se lo paso y él nota el fondo de la botella, que ahora es completamente circular en lugar de plano y cuadrado.

Son las dos de la madrugada cuando regresamos al hotel, esta vez la caminata nos llevó solo veinte minutos. Volvemos a las habitaciones, Len y yo planeamos unirnos a Jenk y Jav en su habitación después de que nos duchemos y nos cambiemos a algo más cómodo. Mientras estamos sentados en la cama, escuchamos un pequeño zumbido y vemos un mosquito volando por la habitación. Lo veo volar más y más alto hasta que aterriza en el techo, revelando cientos de mosquitos más que se han colado a través de nuestra ventana abierta y se han instalado en el techo de nuestra habitación.

—No podemos dormir aquí —digo, y Len está de acuerdo.

Caminamos al lado de la habitación de Jav y Jenk y una vez que estamos allí, todo lo que hacemos es comer, ya que no hemos comido nada en todo el día aparte del desayuno, porque se supone que no debes comer mientras tomas hongos. Nos quedamos despiertos una hora más, hablando y riéndonos de nuestro día y de cómo no queremos que termine nunca, así que bajamos al vestíbulo, nos fumamos otro porro y jugamos al billar, formando parejas para crear dos equipos, Len y yo, Jav y Jenk. Los muchachos toman la delantera, con solo una bola antes de que estén en el negro; Len y yo todavía tenemos tres más en el bote antes de que lleguemos a esa etapa, Jenk agradeciendo a su padre, el campeón de billar, Tone, por sus habilidades heredadas para jugar al billar.

Doy un paso al frente, sintiéndome más confiado que nunca después de haber sido abucheado por la oposición. Me concentro mucho, alineando mi tiro y retirando el taco mientras el vestíbulo del hotel se queda en silencio con anticipación. El contacto entre la blanca y el taco es perfecto, hundiendo la bola rayada azul en la tronera superior derecha. Camino hacia ese extremo de la mesa y alineo mi próximo tiro, y me he preparado, haciendo mi trabajo más fácil. Otra raya rueda hacia abajo en la cámara al costado de la mesa de billar. Queda una bola. Miro a Len y sonríe, 'sigue'. Vuelvo a mirar la bola blanca y alineo mi tiro de nuevo. Golpea la banda justo al lado de la tronera y me enderezo, pensando que todo ha terminado, pero la pelota rebota en otro hueco.

¡GUAOOOO! —Celebro, haciendo que los recepcionistas del hotel detrás del mostrador de facturación levanten la vista de sus computadoras.

Len está deseando que tenga éxito y me dan muchas ganas de meter las negras la primera vez, pero fallo cuando golpea la banda y prepara a Jenk para su tiro final. Sacudo la cabeza y me acerco a Len. Me pasa el brazo por los hombros y me dice que lo hice muy bien. Jenk coloca su último lugar y su equipo se une a nosotros en el negro. Es un momento tenso para los cuatro. Javan se seca la frente sudorosa con la toalla que trajo de la habitación, y Jenk la retiene bajo la presión, fallando el tiro más fácil del juego.

—¡El tono no sería muy agradable contigo, Jenkies! —Len y yo nos burlamos con acentos de Manchester, a pesar de que Tone ni siquiera tiene uno.

El equipo «Flen» termina ganando el juego, así como los dos siguientes, por lo que es justo decir que somos los campeones indiscutibles del grupo de vacaciones.

Vamos y nos sentamos afuera en el área de fumadores en la entrada principal del hotel y fumamos todos nuestros porros restantes. Después de fumar el primero, Len y yo volvemos adentro para ir al baño. En nuestro camino hacia allí, vemos un folleto en el costado de la barra para entrega de pizza las 24 horas, los 7 días de la semana y nuestros cerebros trabajan en alianza para contarles a los muchachos sobre nuestro hermoso descubrimiento. Pedimos dos pizzas grandes y una guarnición de nuggets de pollo, y solo tenemos que esperar unos cuarenta y cinco minutos a que llegue el repartidor, después de lo cual subimos la comida a nuestra habitación.

Mientras estamos sentados allí, comiendo pizza, riendo y viendo dibujos animados divertidos en la televisión pequeña, me tomo un segundo para mirarnos a todos juntos y realmente aprecio el momento y el amor que tengo por mis tres mejores amigos.

Así es como se supone que debe sentirse consumir hongos.

Me despierto tumbada de lado a los pies de dos camas individuales juntas. El aire frío del pequeño ventilador de escritorio giratorio, que se deja encendido durante la noche, me da en la cara y me obliga a despertarme como es debido. Miro a mi alrededor. Len está acostado a mi lado, profundamente dormido, con la cara arrugada contra la almohada y el más mínimo flujo de baba saliendo de su boca. Hay un pequeño espacio entre él y Javan, que también está dormido, pero se ha caído en la grieta en el medio de la cama, por lo que su cuerpo está prácticamente doblado por la mitad. Me río en silencio antes de preguntarme dónde está Jenk.

La puerta del baño está cerrada, así que supongo que él está allí y vuelvo a apoyar la cabeza en la almohada. Después de unos diez minutos, todavía no hay señales de Jenkies, así que me siento en la cama e instantáneamente veo sus piernas largas y flacuchas tiradas en el suelo. ¿Está muerto? ¿Se ha caído y se ha dejado inconsciente? Me inclino más para mirar su rostro y sus ojos están cerrados, su boca está abierta y ronca levemente. Sonrío y vuelvo a acostarme, contenta con el hecho de que ninguno de mis amigos está muerto. Len se remueve en sueños y pone su brazo sobre mi estómago. Abre uno de sus ojos levemente y le sonrío. Él me devuelve la sonrisa y me besa en la mejilla antes de volver a cerrar el ojo y apoyar la barbilla en mi hombro.

Nos vestimos y pedimos un taxi para que nos lleve al centro de la ciudad. Subimos al coche y el conductor es un viejo holandés de traje, con un palillo en la boca. El coche es muy bonito por dentro y le expresamos abiertamente nuestro amor por los asientos de cuero blanco y el salpicadero de carey marrón.

—¿Adónde quieren que los lleve, al centro? —Pregunta, con su fuerte pero suave acento.

Inicialmente decimos «A cualquier lugar», pero luego decidimos volver a la casa de Anne para saber cómo llegar a la cafetería desde allí, antes de dirigirnos a otro museo. El conductor asiente y nos mira a través del espejo retrovisor mientras comienza a ponerse en camino hacia el lugar de Anne. No se tarda tanto en llegar. Salimos del auto y agradecemos a nuestro conductor, dándole una calificación de cinco estrellas, luego caminamos a la cafetería más cercana.

—No tengo ganas de fumar hoy, solo voy a comer hongos otra vez —Afirma Jav.

Cuestiono su decisión, y los otros tres sabemos que no tendrán ningún efecto en él tan pronto después de tomar el último lote, pero no se dejará influir. Volvemos a la tienda de hongos mágicos y compra los mismos que tomamos ayer. Todos cruzamos la calle y entramos en una cafetería que parece más un restaurante indio, compramos un poco de hierba y nos sentamos adentro a fumarla. Los tres nos la fumamos y nos la pasamos mientras nos reímos de las historias de ayer. Miro rápidamente a Jav, que no ha dicho una palabra desde que nos sentamos. Ya ha comido algunas trufas, pero dice que todavía no siente nada. Está sentado navegando por los sitios de redes sociales en su teléfono con una mirada empañada en su rostro, así que le pregunto si está bien y él simplemente asiente con un «sí» con una cara que dice lo contrario, pero decido no interrogarlo más.

Caminamos hasta el siguiente museo, que trata sobre las cosas extrañas y maravillosas de la vida. Pagamos veinte euros por un billete en una taquilla que encontramos por el camino, pero una vez llegamos, paseamos, sin problema, sin necesidad de billete.

Llegamos a una sección del museo que tiene que ver con el espacio y nos acercamos a una pequeña pasarela que conduce a un puente dentro de un túnel, y las paredes internas de este túnel giran y giran en espiral alrededor del puente, desequilibrando a todos. Len, Jenk y yo, todos colocados, estamos pasando el mejor momento de nuestras vidas, riéndonos y cayendo por todos lados. Jav, sin embargo, baila tranquilamente por el medio del puente, sin una sonrisa o un bamboleo a la vista; los hongos no funcionan para él en absoluto.

Salimos del museo y todos se están riendo, menos Jav, que no quiere que lo animen, así que lo dejamos solo. Más tarde, pedimos otro taxi para que nos lleve de regreso al hotel. Todos estamos realmente colocados ahora, después de haber parado por más hierba, después de salir del museo. Estamos en la esquina de una calle principal muy transitada con múltiples carriles, carreteras y semáforos. Tanto los carriles para bicicletas como los del tranvía han estado en semáforo en rojo durante mucho tiempo, por lo que el tráfico se ha acumulado considerablemente, por lo que cuando Len ve a nuestro conductor a través de la ventana del tranvía, sobre las cabezas de varias personas en bicicleta, señala al taxi y grita:

—¡Es él!

Y toda la gente en el carril bici, y toda la gente en el tranvía, y toda la gente que camina por la calle, giran la cabeza y nos miran. Yo y Jav nos alejamos por el camino mientras Len continúa parado en el lugar y se ríe histérico de su propia estupidez.

· · ·

Nos dirigimos de nuevo a nuestra cafetería favorita para ver el partido de Inglaterra contra Croacia. El tipo holandés detrás de la barra, que ha sido un imbécil cada vez que lo conocemos, está, nuevamente, siendo un imbécil y burlándose de nosotros, y de dos tipos a nuestro lado, por ser ingleses. Para empeorar las cosas, perdemos por un gol en la prórroga y Jav apoya la frente en la mesa y llora mientras todos nos sentamos y nos miramos, sin saber cómo reaccionar y sin molestarnos por lo drogados que estamos.

En el viaje en taxi a casa, no podemos evitar burlarnos un poco de Javan por estar tan deprimido por el fútbol. Tiene los auriculares puestos y está muy triste mirando por la ventana el cielo oscuro.

—Apuesto a que tiene una versión lenta de It's Coming Home y está fingiendo que está en el video musical —Susurro, en caso de que todavía pueda escucharme.

Esto hace que Len se eche a reír y comienza a unirse a la broma.

—Sí, y llega a casa y va directamente a su habitación completamente decorada con Inglaterra y llora en su almohada de Harry Kane —Imagina.

Esto continúa durante todo el viaje en automóvil de quince minutos a casa, Jenk en el frente se ríe y ocasionalmente se une a los comentarios sobre las sábanas de Harry McGuire y las réplicas de trofeos que guarda en su habitación. Decidimos tomar un cigarro más cuando llegamos al hotel y nos vamos directamente a la cama, ya que mañana es nuestro gran día, ¡Tenacious Toes!

Nos preparamos a las 6:00 am en punto y tomamos un taxi hasta el lugar, una pequeña iglesia renovada con vidrieras de colores sobre el escenario. Las luces se atenúan y un foco entra en el escenario. Todo el mundo está cantando para que salgan. Después de lo que parece una eternidad, un miembro de la banda sale al escenario vistiendo nada más que un pequeño par de pantalones cortos de fútbol retro y su bigote negro. Lanza una pelota de fútbol autografiada a la multitud y todos corean su nombre. El resto de la banda se une a él en el escenario y el ruido es inmenso.

Len pone su brazo alrededor de mi hombro tan pronto como comienza a sonar la primera canción, haciéndome disfrutar aún más. Después de algunas canciones, hay un breve descanso mientras se preparan para tocar la siguiente canción.

Comienza la infame introducción de guitarra hawaiana y los cuatro nos miramos y celebramos y nos damos un abrazo grupal; todos nos paramos en línea con nuestros brazos alrededor del otro mientras escuchamos la canción que nos recuerda los gratos momentos que hemos pasado juntos.

Cada canción que tocan es increíble y, en el momento, pienso que nunca jamás olvidaré este día, estar en Ámsterdam con mis tres mejores amigos, escuchando a nuestra banda favorita en vivo, sin preocuparme por nada en el mundo y yo atesoraré este recuerdo mientras viva. Que trágicamente no va a ser por mucho tiempo.

Después del concierto, caminamos de regreso a nuestra cafetería, que está convenientemente al final de la calle, y fumamos algunos cigarros más mientras hablamos de nuestro día. En este momento, ya hemos consumido siete cigarros y todos nos sentimos extremadamente drogados. Nos sentamos en las sillas de madera fuera de la tienda, mirando al otro lado de la calle, donde hay un pequeño bar de aspecto indie con graffiti cubriendo las paredes en la entrada. Mientras nos sentamos allí, vemos a un tipo salir del bar con el mismo bigote de manubrio y el mismo afro rizado que el miembro de la banda, Freddy Krill.

—¿Ese es Freddy Krabs? —Jav pregunta emocionado.

—No, es solo alguien que se parece a él. Ese es un BTEC Freddy, amigo —Responde Len, desacreditando los sueños de Jav.

No mucho después, lo vemos regresar con otro chico con cabello largo y pelirrojo, vistiendo el mismo estilo de ropa que otro miembro de la banda.

—Espera... ¿Ese es Seamus? —Yo pregunto.

—Se parece un poco a él... Podría ser otra versión de BTEC —Responde Len de nuevo, haciéndonos reír a todos.

Un hombre sale de la cafetería y pregunta si puede tomar prestado nuestro encendedor. Inicia una conversación con nosotros y nos pregunta qué hemos estado haciendo en Ámsterdam. Le contamos sobre el concierto en el que acabamos de estar y cuánto lo disfrutamos. Explica que es un optometrista aquí en Dam y que le ha vendido gafas de sol a la banda y es un buen amigo de ella.

—¡De ninguna manera! —Es todo lo que puedo decir mientras nos dice información privilegiada sobre las personalidades de los miembros de la banda.

—Sí, en realidad vienen aquí mucho. Pasan la mayor parte del tiempo en ese bar de enfrente —Nos cuenta el optometrista.

Todos nos miramos los unos a otros y nos reímos de nuestra estupidez de llamar a las personas reales BTEC versiones de sí mismos. Terminamos la conversación y tomamos la precipitada decisión de entrar al bar con la esperanza de conocerlos. El optometrista nos dice que no tratan bien a la gente que actúa como fans, pidiendo fotos y bombardeándolos con preguntas, así que, naturalmente, soy yo quien es enviada al bar. Cruzo la calle y entro en el pequeño edificio, y los cinco miembros están sentados juntos, acurrucados en una pequeña cabina de cuero marrón. Freddy se levanta y camina hacia el bar para tomar una copa, así que hago mi movimiento. Me paro junto a él mientras ordena, y él me mira de pies a cabeza una vez más y luego me sonríe, así que le devuelvo la sonrisa y durante unos segundos no digo nada, tratando de pensar en algo ingenioso que decir.

—Me gusta tu bigote —espeto, olvidando lo que había pensado en decir.

Se ríe y dice:

—Salud.

—¿Qué estás bebiendo? —Pregunto, tratando de mantener la conversación mientras espera sus bebidas.

—Solo una pinta de Heineken —Responde, con una sonrisa y un asentimiento.

—¿Puedo brindártela? —Pregunto, sonando más como si quisiera volver a su habitación de hotel en lugar de conocer a sus compañeros también.

Sacude la cabeza y dice que no, ofreciéndose a comprarme una en su lugar, así que obviamente lo dejo.

—Ven y siéntate con nosotros —Me dice, pasándome mi bebida.

Trato de mantener la calma y simplemente me encojo de hombros y sonrío.

—¡Bueno!

—Soy Freddy, por cierto —Se presenta.

—Encantada de conocerte, soy Flic —Respondo, ¡como si no supiera quién es Freddy Krabs!

Llegamos a la cabina y él llama la atención de todos.

—Chicos, esta es Flic. Se ofreció a comprarme un trago, así que es lo menos que puedo hacer —Se ríe, y el resto de la banda ríe con él.

Todos de acuerdo, se presentan a mí. Me siento al final de la cabina junto a Freddy y hablo con la banda.

Seamus se inclina y me pregunta:

—¿Has venido hasta aquí sola?

—No, estoy aquí con mis tres amigos, ellos están en esa cafetería al otro lado de la calle.

Todos miran por una pequeña ventana empañada para verlos y podemos verlos de pie al otro lado de la calle, mirando fijamente el bar.

—¡Tráelos adentro! —Grita Dizza.

No puedo creer nuestra suerte. Se siente tan surrealista incluso estar tan cerca de ellos.

Le envío un mensaje de texto a Len y les digo que la banda quiere que entren. Miro por la ventana de nuevo y puedo verlos a todos saltando, abrazándose y golpeándose los puños. Niego con la cabeza, pensando que van a empañar mi duro trabajo.

Sin embargo, entran al bar mucho más tranquilos que antes, lo que me hace sentir muy aliviada. Les presento a todos, toman una copa en el bar y se unen a nosotros en la cabina.

El tiempo pasa en espiral mientras pasamos horas bebiendo y riendo con la banda y, finalmente, dicen que es hora de que regresen al hotel. Deben haber visto nuestra decepción porque Dizza salta de su asiento y nos pide que los acompañemos para continuar con la fiesta.

Caminamos juntos hasta el hotel, cada miembro del grupo hablando con un miembro diferente de la banda. Esta vez estoy con Dizza y le hablo de nuestras vacaciones, ya que le dije que es la primera vez que venimos aquí, y él me cuenta historias de cuando ha estado aquí. En poco tiempo, regresamos a su habitación de hotel y es enorme, más como una suite, todo decorado con muebles blancos limpios y almohadas decorativas de buen gusto, con obras de arte costosas que dan vida a las paredes blancas en blanco. Nos sentamos en un grupo de sofás que rodean una larga mesa de centro de cristal. Dizza está hojeando algunos discos en una caja de cartón antes de colocar uno en el tocadiscos y colocar la aguja suavemente. Empieza a sonar *Fools' Gold* de The

Stone Roses y golpeo la cabeza al ritmo de la melodía, cantando junto con Brown.

Beaker arroja un enorme bloque de MD y coca cola sobre la mesa. Los cuatro miramos los bloques, flotando inocentemente sobre el cristal. Jav me mira con una mirada de preocupación en su rostro, esperando a ver si alguno de nosotros está de acuerdo. Me encojo de hombros y susurro:

—A la mierda —Y finalmente sigue el curso. La banda comienza a cortar líneas para todos en la mesa.

—¡Caven dentro!" Freddy se ríe y resopla una línea que parecía de cincuenta millas de largo, la mitad de la longitud de la mesa.

Dizza baila y hace lo mismo, y nosotros también, inhalando nuestras finas y polvorientas líneas.

Pasa media hora y empezamos a volar.

Dizza vuelve a acercarse a la mesa. Lleva una caja y canta la canción que suena. No puedo escucharlo muy bien por encima de las sirenas agudas en lo profundo de mis oídos, sacudiendo mi cerebro.

—Alguien nos dio este nuevo juego de mesa... «Dice Defenders» —Lee fuera de la caja.

Él empuja la caja a lo largo de la mesa y hurgamos dentro para ver el contenido. Hay algunas cartas de personajes apiladas en una sección de la caja, así que decido revisarlas. Se ven increíbles. Todos los colores de la tarjeta saltan y palpitan ante mí y todo sobre el personaje parece algo propio; Los lunares en sus caras sobresalen de una manera que grita por mi atención, las pestañas individuales se ponen firmes, barriendo en grandes movimientos exagerados, enviando un escalofrío por mi columna vertebral. Paso a la siguiente carta. Espera... ¿Qué? ¿Esa soy yo?

La carta representa a una mujer con cabello largo y rosado y piercings. Su rostro se parece al mío como dos gotas de agua.

Su estilo no se parece en nada al del resto de los personajes, que están dibujados en una suerte peculiar de dibujos animados y vestidos con brillante armadura de caballero, o elegantes capas si son magos. En esta carta, ella viste pantalones y una camisa negra y el dibujo es tan increíblemente realista que parece una fotografía. Leo las estadísticas en la carta y todas son de nivel máximo. Miro el nombre en la parte superior de la carta. Felicity.

—¿Están viendo esto? —Balbuceo con asombro, mostrándoles a todos los demás la tarjeta—. ¡Esa soy yo!

Nadie más puede creer lo que ven sus ojos.

Dizza toma la carta de mi mano y la inspecciona de cerca y de lejos.

—¡Ja-jaaaa, qué carajo, eres tú! —Se ríe y lanza la tarjeta sobre la mesa. Gira lentamente una vez que aterriza sobre la mesa y nosotros cuatro la miramos, hipnotizados por el color de su cabello rosado que se mezcla con el negro sensual. Pronto, comienza a girar cada vez más rápido, hasta que el dibujo detallado parece nada más que un borrón circular.

Soy proyectada a esa noche en el bosque. Estoy parada sola en medio de Paradox Park y puedo escuchar los gritos de nuevo, los gritos que sabía que nunca podría olvidar. No quiero, pero vuelvo a caminar hacia el ruido. A medida que me acerco, se me presenta la misma escena que antes, pero esta vez es Gaz, no Ollie, quien está parado sobre alguien, apuñalándolo y gruñendo de ira cada vez que el cuchillo se clava en el cuerpo. ¿Pero a quién está apuñalando? no sé, no puedo ver.

Comienzo a elevarme en el aire, obteniendo una vista de pájaro del horror que se desarrolla. Ryan está tirado en el suelo, mirándome, mirándome fijamente a los ojos, y yo le devuelvo la mirada y se están llenando de sangre y sus gritos se vuelven más y más fuertes y me desgarra por dentro, otra vez. Mis ojos parpadean rápidamente cuando salgo de mi trance. Me inclino hacia atrás lentamente y miro a los otros tres sentados cerca de mí. Todos están saliendo de eso ahora, también. Nos miramos, en silencio. El ruido de la banda riendo y cantando es la única banda sonora de este incómodo momento de espera a que alguien diga algo.

—¿También ustedes lo vieron de nuevo? —Jav susurra.

Nadie da una respuesta verbal, todos asentimos y parpadeamos estúpidamente.

La banda viene y se vuelve a sentar en los sofás con nosotros y es obvio que se dan cuenta de que algo no está bien.

—¿Qué pasa? —Beaker nos pregunta a todos.

—No nos creerán si se lo contamos —Jav niega con la cabeza lentamente, mirando al suelo.

—¡Pruébanos! —Dizza nos arenga.

Explico lo que sucedió esa noche, con Jenk y Len interviniendo a veces para agregar pequeños detalles que me perdí, y ellos se sientan allí atónitos con la boca abierta.

—Cuando tiraste la tarjeta, me envió de vuelta allí. Lo vi todo de nuevo, pero vi a Ryan y Gaz esta vez... Tal vez estoy recordando más —Explico, pero sin estar segura en absoluto.

—¿Me viste apuñalarlo? —Len entra en pánico.

—¡Len, por el amor de Dios, no lo mataste! —Jenk escupe.

—¡Sé lo que vi! —Él grita en respuesta.

—¿Cómo puedes verte apuñalando a alguien? —Freddy pregunta, sus ojos ardiendo.

—No puedes —Respondo por él.

—No lo sé, pero lo hice. No fue mi intención matarlo —dice Len.

—Definitivamente no fuiste tú, Len. Vi a Gaz —dice Jav.

—Yo también esa vez —Admite Jenk.

—Debe haber sido Gaz entonces, si todos lo vimos —Concluyo.

—Me suena a que las drogas son tu puerta de entrada a la verdad —Filosofa Dizza.

—¡Claro que lo son! Solo tienes que consumir un montón de drogas y luego ¡BOOM! Asesinato resuelto —Se ríe Freddy.

Nos miramos y acordamos telepáticamente que eso es lo que tenemos que hacer.

Para nuestra última noche en Dam, pensamos que deberíamos esforzarnos o irnos a casa, y dado que aún no estamos listos para ir a casa, eso nos deja con una sola opción. Entonces, pasamos todo el día y la noche fumando tanto como sea posible. Caminamos por las calles oscuras como si fuéramos las únicas personas en el mundo. Len se burla del nombre de Jenk gritándolo con voz estúpida y por décima vez en un minuto lo vuelve a gritar.

—¡Oh, Jenkies!

Estoy llorando de la risa, así como el mismo Jenkies.

—¡Len, cállate! ¡La gente vive aquí! —Demanda Jav.

—¡Oh Jenkies, Jav está enojado! —Él responde, incluso más fuerte que antes.

Nos encontramos con una elegante tienda de quesos en nuestro viaje y nos detenemos para mirar a través de las ventanas.

—Ellos están obsesionados con el queso aquí —Declaro.

—¡Hay un montón de queso ahí! —Len señala.

—Bueno, es una tienda de quesos, Len —Le respondo.

—Estoy tomando una foto de este, ¡se ve muy bien! —Jenk nos dice, sacando su teléfono de su bolsillo y tomando una foto del queso en forma de triángulo con cóncavos suaves, junto con una costosa botella de vino, envueltos juntos en una elegante vitrina. Un foco cuelga sobre él para impresionar aún más a cualquiera que tenga el placer de tropezar con un queso tan distinguido.

Continuamos caminando una vez que nos hemos llenado visualmente de queso y vemos un bonito banco en lo alto de una colina que se inclina sobre un canal. Justo cuando estamos a punto de cruzar la calle, un hombre negro gigante y corpulento se tambalea hacia nosotros, arrastrando las palabras que no podemos entender. A medida que se acerca, y cada vez da más miedo, los tres muchachos deciden que van a huir cuesta arriba al otro lado de la carretera, pero cuando me doy cuenta del plan, una bicicleta se detiene frente a mí y al hombre, dejándome atrapada con él en el lado opuesto de la carretera. El hombre de la bicicleta comienza a hablar con él, así que aprovecho la oportunidad para escabullirme y subir corriendo la colina, finalmente alcanzando al grupo.

—¡Eso fue bien aterrador! —Len me grita, sonriendo y luego riendo.

—Sí, y todos ustedes simplemente me dejaron con él —Comienzo, pero estoy de muy buen humor para estar enojada, así que dejo esa diatriba, por ahora.

Nos sentamos en el banco y hablamos de lo que sea que tengamos en mente, aparentemente.

—No sé si lo han hecho alguna vez, pero me afeité las axilas por primera vez y, sinceramente, se siente increíble —dice Jav de repente.

—¡Sí! Flic me dijo que lo hiciera y en realidad lo prefiero ahora, soy tan suave —Se une Len.

—Bueno, yo me afeité las axilas antes que ustedes dos, así que soy una creadora de tendencias —digo en un tono atrevido, pero no en serio.

—Sería un poco confuso si no lo hicieras —Responde Jav.

—¡Sí! —Len y Jenk están de acuerdo.

—¡Eso es tan horrible! Podría dejar de afeitarme ahora.

—No sería tu amigo —Bromea Jav (eso espero).

—¿Serías mi amigo si me viera así? —Pregunto y luego tomo mi labio superior y lo doblo hacia adentro para que mis dientes sobresalgan y sean visibles por encima del labio.

—No, ni siquiera te hablaría —Responde Len.

—Tal vez, pero tendría que golpearte en la cara de vez en cuando —Agrega Jenk.

—Está bien, carajo, ¡pensé que nos estábamos riendo aquí! —Digo, tratando de no encontrarlo divertido, pero no puedo evitar reír.

El sol comienza a salir mientras nos sentamos en el banco frío: ha sido una sesión de 24 horas y definitivamente lo estamos sintiendo ahora.

Como resultado directo de no haber dormido en absoluto, todos están en silencio durante todo el viaje en coche hacia el aeropuerto. Cuando llegamos, nos sentamos en un grupo de sillas para descansar. Jav se queda dormido cruzado sobre la pared trasera, extendido sobre al menos cinco sillas, mientras que Jenk está dormido sentado con la boca abierta. Yo apoyo mi cabeza en la rodilla de Len, pero la resaca de la marihuana me hace imposible conciliar el sueño. Todos estamos de acuerdo en que nunca nos hemos sentido tan agotados.

Una vez que estamos de vuelta en el aeropuerto de Manchester, nos sentamos esperando a que el padre de Jav nos recoja, pero no podemos sacar ni una palabra de Javan. No creo haber visto a nadie más deprimido. Casi se está convirtiendo en su postura predeterminada, con su barbilla apoyada en su mano y sus labios colgando en un mohín hinchado y malhumorado.

Su papá nos recoge y nos deja en casa, tomando caminos separados.

Con todos los demás dejados en sus casas, Jav y su padre conducen de regreso a su hogar. Jav está de alguna manera incluso más callado que antes. Tiene sus audífonos puestos y mira por la ventana, casi de espaldas a su padre en el asiento del conductor.

—¿Lo disfrutaste entonces? —Le pregunta su padre, mirándolo por un breve segundo antes de volver a mirar la carretera delante.

—Todo bien —Responde Jav en voz baja y encoge los hombros, con la cara aún fruncida.

Su padre sigue intentando entablar conversación, pero Jav no ofrece más que respuestas de una sola palabra a todo.

—¿Qué hiciste mientras estuviste allí? —Pregunta su padre.

—Cosas —Responde Jav.

Llegan al camino de entrada y Jav sale rápidamente del auto sin decir una palabra. Su mamá apenas puede abrir la puerta antes de que él se dirija directamente hacia dentro de la casa, suba las escaleras, vaya a su habitación y cierre la puerta con llave. Se acuesta en la cama y mira el techo. Su mamá sube las escaleras y llama a la puerta de la habitación.

—¿Estás bien, Jav? —Le pregunta su mamá con preocupación.

—¡Cansado! —Responde gritando a través de la puerta.

Ella le pregunta si quiere cenar, pero él dice que no. Con eso, ella suspira y lo deja solo, bajando las escaleras para terminar de ver su programa de televisión.

Lo que pasa por su mente es incomprensible para cualquiera persona que lo conozca. Lo que empeora las cosas es que ni siquiera él sabe lo que está sucediendo. Todos saben cuando hay algo mal con alguien, pero ¿qué se puede hacer cuando nadie puede explicar qué es? El mundo de Javan no era de ninguna manera insuficiente; su familia siempre estaba allí para él, siempre tenía un buen grupo de amigos a su alrededor, pero para algunos, eso simplemente no es suficiente.

Javan se acuesta en su cama durante unas dos horas, mirando al vacío, sin pensar en nada, antes de finalmente reunir el coraje dentro de sí mismo. Toma un cinturón de su mesita de noche y lo ata al gancho de la parte superior de su armario. Pasa el cinturón por encima de su cabeza y lo ajusta cómodamente alrededor de su largo y delgado cuello. Toma una respiración profunda y escanea su habitación con sus ojos. ¿Lo extrañará? ¿O será extrañado en ella? La única respuesta que puede conjurar es "no". Así que se desliza fuera de la base del armario, su corazón lleno del dolor del aislamiento, sus ojos llenos de lágrimas dolorosas. El cinturón cruje mientras se estira bajo su peso, impulsándolo momentáneamente hacia arriba. Mientras toma sus últimas respiraciones, sus ojos se mueven rápidamente en su cráneo, mirando en todas partes antes de llenarse de oscuridad, porque de repente, una ola de arrepentimiento lo invade. Lo extrañaré. Seré extrañado. Pero, por supuesto, ya es demasiado tarde para Javan. Su cuerpo se balancea de un lado a otro, haciendo un ruido ominoso cada vez que golpea contra su armario de madera marrón. Sus padres se preguntan qué es ese ruido desde la sala de estar abajo, pero deciden ignorarlo. Javan no será descubierto colgado allí hasta la noche siguiente.

NUEVE DÍAS DESPUÉS:

UNA SORPRESA DE BIENVENIDA A CASA

Después de dormir todo el día para recuperarme de Dam, de repente siento la necesidad de volver a hacerlo y salir con todos a fumar de nuevo, así que envío un mensaje al chat grupal.

«*¿Alguien tiene ganas de salir?*»

Jenk y Len responden instantáneamente diciendo «sí», pero Jav ni siquiera lee el mensaje. Decimos que esperaremos una hora a que responda y si no lo hace, saldremos sin él.

Decido enviarle un mensaje de texto a Len mientras esperamos a ver si responde.

«*¿Crees que está pasando algo con Jav? Ha estado actuando raro desde Dam*».

«*Quién sabe, él puede ser así a veces*».

«*Deberías haber visto su rostro cuando volvimos a encontrarnos con ellos esa noche que nos reunimos, se veía tan molesto*».

«*Tal vez le gustes, Flic ;)*»

Pero esa no es la primera vez que alguien dice eso, tal vez tenga razón.

Jav todavía no ha leído el mensaje, así que empiezo a prepararme para salir.

Entro en la sala de estar y mi padre es el único que está allí.

—Ven aquí, te mostraré un truco de cartas —dice, sonriendo para sí mismo y sentándose con las piernas cruzadas en el suelo.

Me siento frente a él y lo veo sacar las cartas.

—Bien. Tú barajas esas, yo barajo estas —dice y ambos nos reflejamos mientras nos reímos y barajamos las cartas, pareciéndonos más que nunca.

—Está bien, entonces este lado es rojo y este lado es negro. Reparte las cartas y ponlas en el color que creas que deben ir —Él instruye.

Reparto las cartas, usando el instinto para ponerlas en las líneas correctas. Se empieza a reír porque tengo que barajar hacia atrás para que quepan todas las cartas en la fila.

—Mira —dice él, una vez que he puesto todas las cartas.

Él les da la vuelta a las cartas y están en montones de rojo y negro. Levanto la vista de las cartas para mirarlo y él hace lo mismo, ambos sonriéndonos.

—Soy tan buena. ¿Soy mágica, o eres tú? —Yo me río, y él también—. ¿Cómo lo haces? —Pregunto emocionada.

Él me explica cómo funciona y lo entiendo un poco. Se vuelve a sentar en su lugar habitual y saco una bebida de la nevera para llevarla conmigo. Le digo que voy a salir mientras salgo de la habitación.

—Está bien, cariño. Te amo, ten cuidado —Grita a través de las puertas—. ¿Te sientes lo suficientemente bien como para salir?

—Por supuesto. Yo también te amo —Le respondo.

Para cambiar de escenario, fumamos en los campos de fútbol en lugar de Paradox. A las diez en punto, las noches de verano comienzan a oscurecerse pero siguen siendo igual de cálidas. Volvemos a hablar de nuestras vacaciones ahora que todos tenemos más energía. Nos entusiasmamos durante horas acerca de conocer a Tenacious Toes. Al reírse de Jav en el taxi a casa después del partido de Inglaterra, a Len le da un ataque de tos, que siempre suena como si estuviera vomitando cuando sus labios grandes y jugosos vibran entre sí.

—Necesitas tener una nueva tos, esta me hace sentir mal cada vez —Le digo.

—¡Solo deja de tratar de amortiguarla, Len! —Jenk se une, sintiendo lo mismo que yo.

Len se toma un momento para dejar de toser tanto.

—¿Cómo es esto entonces? Tos número uno ¡«Cough»! —Y prueba su primera tos.

—No es la mejor..." —Le doy mi honesta opinión.

—Todavía suena como si estuvieras vomitando —Agrega Jenk nuevamente.

—Tos número dos, ¡«Cough»!

—¡Así está mejor! Me gusta la tos número dos.

—Sí, esa es una tos adecuada —Jenk y yo lo alabamos.

La sesión de personalización de Len se ve interrumpida por el alto y desagradable sonido de su teléfono. Es su papá.

—Estoy demasiado drogado para responder esto ahora —Declara y guarda su teléfono en el bolsillo de nuevo.

Suena unas cuantas veces más y continúa ignorándolo, y en su lugar le envía un mensaje de texto para ver qué quiere.

«*Tienes que volver a casa ahora, Len*».

«*Es que estoy afuera con Flic y Jenk*».

«*Tráelos también, todos necesitan escuchar esto*».

Len lee los mensajes en voz alta y todos nos miramos preocupados.

—¿Qué diablos está pasando? —Pregunto, aunque sé que ellos tampoco lo saben.

Nos subimos al coche y nos dirigimos a la casa de Len. Su padre nos recibe en la puerta con aspecto solemne y nos conduce a la sala de estar donde nos encontramos con la madre de Len, quien luce igualmente grave. Definitivamente estamos en problemas, pero no parecen estar enojados.

—Vengan y siéntense, ustedes tres —dice el padre de Len, indicándonos un sofá de tres plazas.

Hacemos lo que se nos indica y nos sentamos en el sofá.

—Suponemos que no han escuchado las noticias, ¿verdad? —Nos pregunta el padre de Len, los tres adolescentes ignorantes y paranoicos apiñados en el sofá con expresiones confundidas en nuestros rostros.

—¿Qué noticias? —Len responde por todos nosotros.

—El padre de Javan me acaba de llamar. Lamento mucho tener que decirles que encontraron a Javan muerto en su habitación —Explica, tratando de ser fuerte para nosotros pero mostrando la cantidad justa de simpatía—. Pobre chico.

—¿*Qué*? —Len grita en estado de shock.

Jenk sopla una gran bocanada de aire por la boca. Su corazón se hunde cuando se pone de pie con la mano en la frente y sale de la habitación por donde entramos.

No puedo creerlo. Estoy devastado porque uno de mis mejores amigos de catorce años se ha ido. Estoy enojado con él porque no me habló cuando lo necesitaba. También me siento extrañamente aliviado por él, porque sé que está en un lugar mejor y tal vez haya encontrado algo de felicidad y paz allí, las cuales lo evadieron en vida.

—No puedo creerlo —Niego con la cabeza. Aparte de eso, estoy sin palabras.

—Lo sé, es tan inesperado —dice el padre de Len, uniéndose a mí con un movimiento de cabeza.

—Me pregunto por qué lo hizo —La madre de Len reflexiona para sí misma.

Jenk regresa a la sala con una mirada perdida en su rostro y todos nos quedamos allí juntos por un rato, sin decir nada y solo mirando al vacío.

Miro la hora y veo que es la una de la mañana.

—Deberíamos irnos a casa. Un poco de sueño probablemente nos ayudará a todos —digo, levantándome del sofá.

—¿Quieren que los lleve a casa? —El papá de Len nos pregunta a Jenk y a mí.

—Creo que voy a estar bien. De todos modos, gracias — Logro esbozar una sonrisa forzada.

Les digo buenas noches a sus padres y Len nos acompaña a Jenk ya mí hasta la puerta principal. Mientras Jenk se pone los zapatos, me paro frente a Len y lo miro a los ojos, ninguno de los dos dice una palabra. Me lanzo hacia adelante y le doy un abrazo grande y fuerte, no sé si es para que él se sienta mejor o para mí, pero ayuda de todos modos. Jenk y Len también se dan un rápido abrazo y Jenk sale por la puerta hacia mi auto. Len se inclina y me besa en ambas mejillas, en la frente y luego en los labios, cada uno sintiéndose tan suave y tierno en mi cara.

—Te amo —Susurra.

—Yo también te amo —Le susurro y sonrío.

El corto viaje hacia la casa de Jenk es tranquilo. Simplemente murmuramos comentarios entre nosotros, nunca formando una conversación adecuada. Llegamos a la casa y le doy un abrazo antes de decirle que se cuide.

Nadie está despierto cuando llego a casa, así que me meto en la cama y hago una video llamada con Len. Hablamos un poco de Jav, y ver su rostro en la diminuta pantalla del teléfono me hace sentir cien veces más reconfortada.

Muy pronto, me quedo dormida, soñando con nosotros cuatro juntos por última vez.

DIEZ DÍAS DESPUÉS: (EL DÍA SIGUIENTE)
UNA VISITA ANTICIPADA

M e despierto por la tarde con un mensaje de texto de Len:

La policía ha estado rondando para hablar de Jav y de esa noche en Paradox. Mi mamá y mi papá están furiosos. Probablemente vendrán a la tuya pronto, así que ten cuidado.

Mi corazón da un vuelco mientras lo leo, y ni siquiera puedo responder antes de levantarme de la cama y vomitar en el baño. Mi mamá sube las escaleras para ver cómo estoy.

—¿Estás bien, cariño? —Pregunta, mientras se asoma por la puerta para mirarme sentada en el borde de la bañera.

—No —Respondo sin rodeos, secándome las lágrimas de los ojos.

—¿Qué pasa? —Ella se sienta a mi lado.

—Jav se suicidó, nos enteramos anoche. Creo que la policía viene a hablar conmigo —Le explico.

Ella expresa su sorpresa y me da un abrazo, manteniendo su brazo alrededor de mí mientras hablamos un poco más.

Suena el timbre y contesta mi papá. Nos quedamos en

silencio en el baño, tratando de escuchar la conversación de abajo. Grita mi nombre y me dice que baje.

—Hola, ¿Felicity? —Un pequeño policía de grandes orejas y cabecita de guisante me pide que me identifique. Está parado justo afuera de la puerta principal, mi papá aún no le ha permitido entrar.

—Si esa soy yo.

—Nos gustaría hablar contigo sobre tu amigo Javan, ¿te parece bien? —dice, señalando al otro policía que estaba a su lado, este siendo mucho más alto y más grande en todos los sentidos.

—Sí, no hay problema —digo y abro más la puerta para dejarlos entrar a la casa.

Nos sentamos en el estudio, ambos policías frente a mí, dejándome sintiéndome más como una criminal que como una testigo.

—En primer lugar, lamentamos lo que le sucedió a tu amigo, Javan. Entendemos que este será un momento difícil para ti, por lo que no te presionaremos demasiado con nuestro cuestionamiento. Para empezar, ¿tienes alguna idea de por qué Javan pudo haberse suicidado? —Comienza el pequeño oficial.

—Ha estado muy deprimido durante un par de años, ya se estaba lastimando a sí mismo y esas cosas —Explico, mientras me froto las manos con nerviosismo.

—¿Crees que podría haber tenido algo que ver con la noche que ustedes estuvieron en Paradox Park? La noche del asesinato —Me pregunta el oficial más grande, mirándome directamente a los ojos. El azul helado de ellos envía un escalofrío familiar por mi columna vertebral.

—No tengo ni idea. Sin embargo, nos sacudió a todos, así que no puedo decir con seguridad si fue o no un factor... ¿Puedo preguntarle si tiene alguna información sobre el asesinato? —Dudo al preguntar.

—No podemos darle ninguna información sobre el caso en este momento —dice el oficial más grande con severidad.

Asiento, me miro las manos y me doy cuenta de que me tiembla la pierna.

—¿Puedes decirnos qué pasó esa noche, por favor, Felicity?

Tomo una respiración profunda y siento físicamente que el color desaparece desde la parte superior de mi cabeza hasta los dedos de mis pies. Me disculpo y corro escaleras arriba al baño para vomitar.

Mi mamá entra al estudio mientras no estoy y les explica mi enfermedad. Parecen ser comprensivos; sin embargo, el oficial más grande en menor medida.

Vuelvo después de cinco minutos y me disculpo de nuevo. Mamá me pregunta si necesito algo más mientras me pasa un vaso de agua y le digo que no.

—Bueno... Fuimos a Paradox a eso de las once. Nos sentamos en el banco al fondo del campo, cerca del árbol. Estuvimos allí alrededor de dos horas cuando alguien se acercó al banco. Se sentó con nosotros y dijo que su nombre era Gaz y nos dijo que se estaba escondiendo de la policía porque acababa de golpear a su hermano. Luego desapareció entre los arbustos detrás de nosotros. Decidimos quedarnos allí y simplemente olvidarnos de él, pero luego, un rato después...

—¿Cuánto tiempo es un tiempo después? —El oficial grande me interrumpe.

—Probablemente alrededor de media hora, tal vez más. Este... Entonces, entonces nos levantamos porque podíamos escuchar gritos, caminamos hacia allí y vi... —Me detengo—. En realidad no sé lo que vi, y no puedo decirles a estos dos por qué.

—¿Qué viste, Felicity? —Pregunta el pequeño oficial.

—Creo que vi a Gaz, apuñalando a un chico del año inferior al mío en la escuela. Su mamá vino a buscarlo esa noche, pero no lo habíamos visto. Estaba bastante desesperada, así que asumo que ha estado desaparecido por un tiempo.

—¿*Crees*? En su declaración escrita, dice algo sobre una bana... —dice el gran oficial, pero luego el otro oficial, a quien prefiero escuchar, le habla por encima.

—Tenemos un caso de un adolescente desaparecido llamado Ryan en esa área. ¿Es ese el chico del que estás hablando? —Él pregunta.

—¡Sí, ese es!

Él asiente y escribe algo, pero no confirma si fue Ryan el que fue asesinado, y dice que todavía no tiene permitido contarme ningún detalle. Pero trato de echar un vistazo rápido a uno de sus cuadernos, solo veo lo que creo que es la palabra «arma», hasta que el gran oficial golpea el libro contra su pecho, mirándome. Me agradecen mi tiempo después de algunas preguntas más y se van. Luego tengo que revisar todo el calvario para explicarles a mis padres por qué la policía necesitaba hablar conmigo.

DOS SEMANAS DESPUÉS:
NO, SOY GAY, CARIÑO

H oy es el funeral de Javan. Se lleva a cabo en Poston
Gardens, un hermoso lugar con un gran salón de campo
en el centro, rodeado de elegantes jardines de flores, una gran
cantidad de vegetación, un zoológico, una capilla y un
crematorio. Len, Jenk y yo llegamos juntos. Nuestros padres
también asisten por un corto tiempo, solo para presentar sus
respetos y dar sus condolencias a la familia de Jav. El servicio
para Jav es como espero que sea. Sus padres y hermanas le
leyeron un pasaje o una carta entre lágrimas de dolor, sin
olvidar mencionar el hecho de que estaba extremadamente
deprimido y nadie sabía por qué, lo cual es cierto, pero debe
haber algo más, algo que él no le había dicho a nadie.

Los padres de Javan nos habían preguntado a los tres si
queríamos decir algo, pero habíamos declinado. No sé acerca de
los otros dos, pero de alguna manera no me sentía lo
suficientemente calificada, porque sentía que, a pesar de
conocerlo toda mi vida, nunca conocí realmente al verdadero
Javan. Ni siquiera desde la escuela secundaria. Entonces, ¿qué
se suponía que debía decir? ¿Qué él era un gran chico, al menos

por lo que yo sabía de él? Pero de todos modos, el servicio fúnebre es agradable. Tocan algunas canciones de Tenacious Toes, lo cual fue nuestra idea; lo consideramos nuestra contribución en lugar de discursos.

Después de todos los homenajes, damos un paseo por Poston Gardens hacia el pub donde se llevaba a cabo una reunión, la familia de Jav liderando la multitud. Mi teléfono vibra en mi bolsillo y lo saco, retrocediendo en la procesión para leer el mensaje. Es de Laurie:

«¿*Todavía estás en Pozzy Gs?*»

«*Sí, ¿por qué?*

«*Pronto estaré allí. ¿Cómo estás tú?*»

«*Estoy bien. Te contaré sobre el servicio cuando te vea. ¡Hasta luego!*»

Jenk y Len también retroceden y Jenk me susurra:

—¿Quieres hacer este LSD ahora? —Él sonríe—. Por Jav.

Miro a mi alrededor y nadie parece haberse dado cuenta de que nos hemos ido, así que estoy de acuerdo.

Caminamos más profundo en el área boscosa al lado del camino por donde vamos y encontramos un círculo de tocones de árboles para sentarnos.

Jenk saca una hoja de papel secante, pintada con coloridos dibujos animados de elefantes que me recuerdan vívidamente a los que vi en Paradox.

—Por Jav —digo y sostengo mi pequeño cuadrado en el aire, riéndome de lo absurdo que es hacer un brindis por los muertos con una pequeña porción de ácido.

Pero Len y Jenk también levantan la suya y repiten:

—Por Jav.

Colocamos los cuadrados debajo de nuestras lenguas y esperamos.

—¿Qué les pareció el servicio entonces? —Les pregunto a los dos.

—Estuvo bien, ¿no? —Jenk asiente.

—Es un poco extraño cómo insistieron en el hecho de que estaba deprimido. Fue casi como si fuera forzado —Reflexiono, y ambos están de acuerdo de inmediato.

—¿Vieron a alguien más de la escuela? —Len pregunta.

—No, ¿y tú? —Jenk responde, a lo que Len dice que no con la cabeza.

Después de solo unos quince minutos, ya empiezo a sentir algo. Se me pone la piel de gallina en todos los brazos y mis extremidades se sienten entumecidas y débiles. Pero no me da pánico, solo me siento y pienso en el funeral de Javan mientras esperamos un poco más para que el viaje se intensifique.

Veinte minutos después, abro los ojos, de haberlos tenido cerrados por un minuto, y miro a Len. Su cuerpo se ondula de arriba abajo y también el de Jenks.

Miro mi teléfono para leer el mensaje de Laurie y las letras se arremolinan en la pantalla en diferentes direcciones, haciendo que sea imposible de leer. Todo lo que veo está pulsando en forma de estrella, pero logro enviar una respuesta rápida:

«En el bosque».

Comienzo a reírme incontrolablemente y mis piernas no dejan de temblar. Len está hablando de algo y se ve muy emocionado por eso, pero no puedo escuchar las palabras que dice, solo suena como un zumbido amortiguado. Cuanto más lo escucho, más me adentro en el viaje. El sol brilla a través de los árboles y me da justo en la cara.

—Voy a acostarme aquí —digo, mientras me levanto del tronco y me acuesto, usando mi chaqueta como almohada para apoyarme contra un árbol.

Mientras me acuesto allí, sintiéndome muy estable, puedo disfrutar más del viaje. Los miro a los dos sentados encima de mí, mis ojos se cierran de golpe y todo se vuelve negro. Cuando los abro de nuevo, la cara de Gaz está a centímetros de la mía y está sonriendo, mostrando sus dientes torcidos y puedo escuchar esos gritos de nuevo. Corta el cuchillo en mi cuerpo, pero no siento dolor. Todo se vuelve negro y silencioso una vez más, y cuando abro los ojos esta vez, veo a Phillip del trabajo y él hace lo mismo, mostrando su sonrisa artificialmente blanca mientras apuñala mi cuerpo con un cuchillo, los gritos son cada vez más fuertes. Se pone negro una vez más y cuando abro los ojos esta vez, Len está allí, inclinado sobre mí.

—¿Estás bien? —dice monótonamente, con una expresión igualmente inexpresiva en su rostro.

—Sí, estoy bien —Respondo sin tener certeza de lo que digo.

—Bien —Él replica.

Luego sonríe con su amplia sonrisa, que he visto y de la que me he enamorado muchas veces antes, pero luego me apuñala en el pecho. A medida que los gritos se acercan a mí, me doy cuenta de algo... No es Ryan, es una niña. Miro a mi asesino por última vez, y no puedo creer lo que veo. Mi asesino soy yo.

Salgo de mi trance con una gran exhalación de aire y Laurie se inclina sobre mí.

—¿Estás bien? —Ella pregunta preocupada.

—Sí... —Respondo, esperando el momento en que me apuñalen de nuevo.

—Bien. Pensé que te estabas muriendo —Bromea y me da una mano.

Todavía estoy alucinando, pero estoy mucho más sobria que antes, así que es más fácil para mí responder a todas las preguntas que recibo de Laurie.

—¿Qué pasó? —Ella pregunta, sentándose cerca de mí en otro tronco.

—Cerré los ojos por un segundo y cuando los abrí de nuevo, Gaz estaba muy cerca de mi cara y sonrió y me apuñaló y luego los cerré de nuevo y luego cuando los abrí, esta vez era Phillip y me apuñaló y luego los cerré de nuevo y luego, cuando los abrí de nuevo, vi... —Hago una pausa, recordando lo asustado que estaba Len cuando pensó que él había asesinado a Ryan.

—¿Qué viste? —Len pregunta, mirándome fijamente con sus ojos inocentes y su hermoso rostro.

—Este... Me apuñalaron de nuevo. Y luego me desperté —Rápidamente evoco el resto de la alucinación.

—Eso es una locura. Apuesto a que fue aterrador —Comenta Len, mirando a lo lejos como si estuviera planeando alucinar lo mismo.

Como una forma de poder hablar con Laurie a solas, digo que necesito ir al baño y ella se ofrece voluntaria para ir conmigo sin que yo tenga que insinuarlo de ninguna manera.

Por supuesto, tenemos un porro en el camino, ya que esa es la única razón por la que se encontró con nosotros. Llegamos a los jardines de flores y le digo que no necesito ir al baño, solo necesito hablar con ella y nos sentamos en un banco conmemorativo de madera.

—Estoy tan confundida con todas estas cosas diferentes que veo, Laurie. No sé qué es real y qué no —Le explico—. Vi a Len apuñalarme, pero no quería volver a preocuparlo, y justo antes de despertarme, me vi a mí misma hacer lo mismo.

—No hay forma de que fuera Len, o tú —Ella confirma.

—Lo sé, pero debe haber una razón por la cual vi eso.

—Tal vez es solo porque él también ha estado pensando que es él. Tu mente solo te está jugando una mala pasada.

—Eso espero —Dejo caer mi cabeza.

Laurie está a punto de decir algo en respuesta, pero se detiene en seco cuando una pareja de novios caminan lentamente por el campo y se detienen frente a nosotros. Pronto son seguidos por un fotógrafo que les indica cómo posar. Nos miramos, preguntándonos si nos pedirán que nos movamos, pero no lo hacen. Laurie y yo aparecemos en el fondo de cada foto que toman, sentadas en un banco, drogándonos hasta el culo.

Finalmente, se van y van a tomar fotos en otro lugar, probablemente en algún lugar que tenga una mejor vista que dos drogadictas en un banco. Nos levantamos y caminamos en dirección opuesta.

Dos sacerdotes se acercan a nosotros en el sendero y nos preguntan si nos gustaría entrar a la iglesia para encontrar a Cristo o arrepentirnos de nuestros pecados.

—No gracias, soy judío —Me encogí de hombros.

—No, soy gay, cariño —Responde Laurie al mismo tiempo.

Fruncen el ceño y sacuden la cabeza antes de alejarse de nosotras.

Ahora no es el momento de las confesiones.

Volvemos a encontrarnos con los muchachos y han salido del bosque para patear la pelota. Laurie y yo nos unimos, pero mis sentidos no están preparados para esta cantidad de coordinación y sigo fallando la pelota, o simplemente pateándola en la dirección opuesta a cualquiera. Me siguen diciendo lo fácil que es el fútbol y que debería poder hacerlo. Algo cambia dentro de mí y puedo sentirlo en mi cerebro. De repente, soy como el mejor futbolista del mundo. Recojo la pelota con el pie y la lanzo al aire antes de patearla unas cuantas veces más y pasársela a Len.

—Hazlo de nuevo —dice Len, pensando que es una casualidad.

El balón viene hacia mí y miro a Laurie, indicándole que se lo voy a pasar. Lanzo la pelota hacia arriba y se la paso a ella y mantenemos la pelota en el aire durante aproximadamente un minuto antes de usar la parte interior de mi pie para patearla hacia Jenkies.

—¡Yo soy fútbol! —Lo digo con toda seriedad, pero bromeando por dentro.

Jenk me devuelve la pelota y la vuelvo a lanzar al aire. La pateo aún más alto para tener tiempo de girar y patear la pelota directamente a las manos de Len. Me doy la vuelta para ver sus rostros y todos se ven asombrados.

—¿Por qué de repente soy buena en eso? —Me río y me pongo de pie, tomando asiento por un momento para tomar una bebida y verlos jugar.

Me uno de nuevo al juego. Laurie me patea la pelota y yo intento lanzarla de nuevo hacia arriba, pero esta vez se me resbala por el costado del pie.

—¿Espera, qué? —Me quedo boquiabierta.

Recupero la pelota y lo intento de nuevo y esta vez ni siquiera pasa por encima de la punta de mi zapato y simplemente se la paso a Jenkies.

—¡Lo perdí! ¿Por qué tuve que descansar?

Todo el mundo se ríe de nuevo porque he vuelto a la realidad y sigo jugando mal durante el resto del juego. Pero al menos durante cinco minutos, ¡FUI FÚTBOL!

Un grupo de nosotros decidimos salir a la ciudad a tomar unas copas en honor de Jav. Laurie, Jenkies, Len, las hermanas de Jav y yo salimos en un minibús. El pub ya está repleto cuando llegamos allí, así que vamos directamente a un pequeño club nocturno escondido en la esquina de la calle. Las hermanas de jav entran delante de nosotros mientras tomamos un cigarrillo fuera de las puertas.

—¿Cómo se sienten ahora? —Laurie nos pregunta.

—Mmm, es un día triste —Responde Len.

Yo asiento con la cabeza.

—Sin embargo, no podía dejar de mirar el cabello del sacerdote —Admite Jenk.

—Parecía una gema helada, para ser justos —Yo sugiero.

Miro a mi alrededor para ver quién está fuera esta noche y no veo a nadie que reconozca al instante.

Alguien camina a mi lado y me agarra del brazo.

—¿Todo bien, Flic? —Una voz masculina dice.

Me doy la vuelta y veo a Scary Lee elevándose sobre mí con una sonrisa.

—Oh. ¿Todo bien, Lee? —Le devuelvo la sonrisa, alejándome un poco para no tener que forzar tanto el cuello.

—Te ves en forma como siempre —dice con su voz de chaval, seguido de una risa descarada.

Dejo escapar una risa débil que casi imita la suya y digo:

—Gracias.

—¿Te importaría no decir eso sobre mi novia cuando estoy parado aquí, amigo? —Len interviene.

—¿Cuál es tu maldito problema, compañero? —Lee se comienza a cuadrar.

—¡Tú! —Len se inclina hacia él abruptamente.

Parece que Scary Lee va a golpear a Len, pero él me mira, respira hondo y se aparta, luego comienza a alejarse por el camino.

—¿Scary Lee? ¡Más bien debería llamarse Dairy Lee! —Grita Len detrás de él.

Él se gira de nuevo y en solo unos pocos pasos está cara a cara con Len de nuevo, y le da un puñetazo en la nariz, haciéndolo caer al pavimento. Los espectadores comienzan a rodear la conmoción y Scary Lee lo nota. Comienza a apresurarse, pero se da la vuelta hacia mí y se disculpa antes de salir corriendo.

Me giro para ver a Len, que está sentado en la acera sosteniéndose la nariz.

—¡Te lo merecías, por idiota! —Me río, sabiendo que no está sintiendo tanto dolor como él cree.

—¡Dios mío, creo que mi nariz se está cayendo! Jenk, ¿se me está cayendo la nariz? Flic, ¿y si se me cae la nariz? —Entra en pánico.

Me arrodillo frente a él.

—Quita tus manos, vamos a ver el daño —Le digo, moviendo sus manos yo misma para ver la lesión.

Escaneo su rostro y no veo ni un solo moretón ni gota de sangre en ninguna parte.

—Creo que estás bien, compañero —Le digo, dándole un golpe en el brazo y poniéndome de pie.

La multitud circundante pierde interés y también se dispersa, una vez que ven que no hay lesiones.

—¿Entramos? —Pregunto al grupo y todos dicen que sí, excepto Len, que ahora se siente un poco triste por él mismo.

Laurie me pregunta si quiero ir al baño para tomar un poco de cocaína, así que naturalmente acepto. Nos metemos en el diminuto cubículo y ella saca la pequeña bolsa, llena hasta el borde de polvo blanco. Tengo que usar la uña de mi dedo meñique para recoger el polvo, ya que Laurie no tiene uñas propias. Pongo mi dedo debajo de su nariz y ella inhala la azúcar salada. Recojo un poco para mí y salimos del baño. Somos vistas por un par de colegas de Laurie, Gina y Kat, y nos agarran de las manos y nos llevan a la pista de baile.

Solo pasan unos diez minutos y Laurie me pregunta si quiero ir al baño de nuevo, pero ¿cómo podría decir que no? Entramos en el cubículo de nuevo y Laurie busca en su bolsillo para encontrar la bolsa.

—¿Tú la tienes? —Pregunta ella.

—No, yo te la regresé —Yo le respondo.

—Bueno, yo no la tengo —Entra en pánico.

Nos quedamos allí paradas por un minuto mientras ella revisa cada bolsillo, pero sin éxito.

—Oh, mierda, había tantas inhaladas ahí —Ella llora.

—Bueno, solo va a estar en la pista de baile, así que volvamos sobre nuestros pasos —planeo.

Salimos corriendo del baño, buscando en el suelo la pequeña bolsa. Veo a Laurie agachándose y recogiendo algo, ella solo me mira y regresa al baño. Nos apretamos en el mismo cubículo que antes y ella levanta la bolsa, expresando su alivio a través de un gran suspiro. Tomamos una gran línea extra como compensación por nuestros problemas.

Más tarde en la noche, Laurie y yo nos sentamos en la zona de fumadores afuera. Ya hemos tenido algunas bebidas y un buen baile. Nos sentamos en un banco de madera redondo y encendemos un cigarrillo. Un hombre de mediana edad sale tambaleándose de un par de puertas dobles de madera con un cigarrillo colocado lánguidamente entre los dedos, serpenteando desde una muñeca huesuda y floja. Tiene un par de gafas rectangulares, la cabeza calva, una camisa blanca abotonada y un par encantador de pantalones cortos blancos y holgados. Zigzaguea hacia el banco y pregunta si alguien tiene un encendedor, y yo lo tengo. Levanto el encendedor hacia él y se inclina hacia adelante, sosteniendo su cigarrillo sobre la llama. Levanto el encendedor más alto para encenderlo, pero él también se mueve hacia arriba. Esto sucede tres veces más antes de que pierda la paciencia.

—¿Qué está haciendo? ¿Quiere que lo encienda o no? —Le digo bruscamente.

—Solo estoy usando el aire de la llama —Balbucea.

—¿El qué? —Pregunto en un tono muy exagerado.

—Hace que tenga un sabor más orgánico, ¿no crees? —Él agita su mano elegantemente a través del aire.

—No —Me rio y niego con la cabeza.

—Solo usa la llama —Le ordeno y sostengo el encendedor frente a su cara otra vez.

—Oh, correcto. Salud —Se encoge de hombros de sus creencias sobre el uso del aire de la llama y enciende su cigarro antes de alejarse y pararse con un grupo de personas.

Los amigos del trabajo de Laurie aparecen detrás de nosotros y miran al hombre que nos dejó hace apenas unos segundos.

—¿Quién es el señor de los pantalones cortos de carga que está allí? —Pregunta Gina, señalándolo con la cabeza.

—No lo sé, creo que es el padre de alguien. Un completo raro —digo, resumiendo la historia.

—Solo quería advertirte, Georgie-Anne está aquí —dice Gina levantando un lado de su boca con preocupación.

—¿Dónde? —Pregunta Laurie, mirando preocupada.

—La vi adentro la última vez —Responde, comenzando a buscar para asegurarse de que no está equivocada.

—No, ahí está, nuestra Grievous —Susurro, señalando a Georgie-Anne justo cuando sale por la puerta del otro lado del patio.

La llamamos Grievous porque no solo sus iniciales son GBH, sino que también la han detenido por eso varias veces. Es una chica grande, a la que no querrías meterle mano. Su rostro siempre descansa en la misma posición fruncida, como si estuviera oliendo algo desagradable, lo cual probablemente es cierto, ya que huele a queso rancio. Y su cabeza es simplemente una bola que descansa sobre otra bola (su cuerpo). Lleva puesta una camisa de mezclilla azul que es diez tallas demasiado pequeña, exponiendo su barriga, y un par de jeans de mezclilla azul, igualmente pequeños.

—¿Qué demonios está usando? —Se ríe Laurie, sabiendo que desencadenará una larga cadena de insultos.

—Ella se ve genial, compañera. Georgie-Anne Van Damme —Me uno a la broma.

—¿Cómo no ha tenido la pena de muerte todavía?

—Intentaron drogarla una vez, pero no funcionó, lo disfrutó y ahora lo hace cinco veces al día.

No podemos evitar estallar en carcajadas por ella, como lo hemos hecho muchas veces antes. Desafortunadamente, esta vez, ella se da cuenta.

Ella viene corriendo hacia nosotros y encuentro que mis ojos escanean rápidamente sus manos, solo para asegurarme de que no hay un cuchillo en su agarre pegajoso y húmedo.

—¿Qué diablos están haciendo? —Ella grita, mientras su boca se ensancha para revelar una pequeña tira de piel naranja que cubre uno de sus dientes.

Sus gritos y su carrera furiosa hacia nosotros han atraído a una audiencia a nuestro alrededor ahora, y todos notan el desorden que tiene en la boca, susurrando al respecto y riéndose.

Nos quedamos en silencio por un momento, sin saber realmente qué decir, y la tensión aumenta mientras todos alrededor esperan que alguien hable.

—Tienes un poco de piel de frijol horneado en tus dientes, nena —Responde Laurie, provocando en todos un ataque de risa exagerada y ebria, como un grupo de hienas enojadas en un club de comedia.

Con rabia y vergüenza, se lame el frijol del diente, toma una botella de cerveza del banco y la golpea contra un lado de la cabeza de Laurie. Laurie se cae del banco y cae al suelo, agarrándose la cabeza mientras una espesa sangre roja se escurre entre sus dedos. La colega de Laurie, Kat, se acerca saltando y le da una patada giratoria a Georgia-Anne en la cabeza antes de derribarla contra el suelo e intentar controlarla, mientras ella se retuerce, tratando de darle otro golpe a Laurie.

—¿Quién es esa? —Escucho a alguien gritar de asombro.

—Esa es Kat Koolburn —Les informa Gina mientras corre hacia Laurie.

Me arrodillo junto a mi hermana con lágrimas en los ojos, luchando por decir algo que no sea una palabrota.

—Oh, mierda. Oh, mierda. ¿Estás bien? ¡Ohhhhh mierda, mierda, mierda! —Entro en pánico, pongo mi mano sobre la de ella en su cabeza, como si eso fuera a ayudar de alguna manera.

Ella no responde. Ella no puede responder.

Afortunadamente, alguien llama a una ambulancia y llega en menos de un minuto. Me subo a la ambulancia con ella y llamo a Len para decirle que me voy y que lo amo. La policía también está en la escena rápidamente y Georgie-Anne es arrestada rápidamente. Pediré la pena de muerte.

Estoy parada en el patio lateral de la casa de mi abuela, mirando hacia abajo a un gran perro galgo que ladra emocionado hacia mí. Pongo mis manos en alto, intentando calmarlo, pero eso solo parece hacerlo más excitado. De repente, da dos grandes zancadas hacia mí y, por alguna razón, corro hacia él también. Gran error. El perro se voltea sobre su espalda y me da una patada estilo canguro en el estómago. Me doblo y me agarro el estómago mientras el dolor recorre mi cuerpo. Corro hacia la puerta de la cocina y la cierro justo lo suficiente para que el perro no pueda meter su cabeza. Comienzo a burlarme de él metiéndole mi dedo medio en la cara fuera del resquicio de la puerta y retirando mi mano hacia adentro cuando salta para morder mi dedo. Hago esto durante lo que parece diez minutos antes de levantarme y caminar hacia la sala de estar.

Lo siguiente que sé es que estoy en un tren hacia Manchester. Tengo mis auriculares puestos y estoy escribiendo inocentemente en mi portátil en la bandeja del asiento frente a mí. Conmigo tengo una pequeña maleta, mi mochila y un abrigo y una chaqueta colgados sobre el brazo de la silla junto a mí. Miro hacia el pasillo del tren y veo que una fila de personas acaba de entrar. Miro por la ventana para ver dónde estamos. Manchester. Mi parada, exactamente.

Las palabras, «Próxima parada, Nottingham», suenan a través de los altavoces del tren. Cierro la computadora portátil y rápidamente trato de recoger todo al mismo tiempo. Corro por el pasillo y finalmente llego a las puertas, pero se cierran frente a mí y el tren comienza a alejarse de la plataforma. Miro a través de la ventana que da a la cabina del maquinista y un hombre calvo con gafas niega con la cabeza y se encoge de hombros.

—Estás fuera de tiempo —Hace eco en voz alta a través de mi cabeza.

Me despiertan mis brazos volando por encima de mí y volviendo a caer sobre mi cabeza. Me doy la vuelta y me obligo a volver a dormir.

«Próxima parada, Nottingham» vuelve a sonar a través de los altavoces mientras me apresuro a recoger mis pertenencias. Corro por el pasillo y veo que las puertas se cierran. Me las arreglo para pasar antes de que las puertas se cierren y dejo todo en el banco de madera en la plataforma.

«Aah, justo a tiempo», resuena suavemente a través de mi cerebro.

· · ·

Intento abrir los ojos, pero una luz artificial brillante me obliga a cerrarlos de nuevo. Me tomo mi tiempo, abriendo ligeramente un ojo primero y luego el otro. Estoy recostada en una fila de sillas de plástico verde que debo haber alineado anoche. A mi derecha, Laurie yace durmiendo en una cama de hospital, con la cabeza envuelta en un vendaje blanco. Me froto la cara mientras trato de encontrar mis anteojos. El interior de mi nariz está completamente entumecido por toda la cocaína inhalada y mi estómago está revuelto por la resaca, pero lo dejo todo en el fondo de mi mente porque ni siquiera puedo imaginar cómo se siente Laurie esta mañana.

Una joven enfermera se acerca y recoge el portapapeles al final de la cama del hospital.

—Parece que tuvieron una buena noche. —Me levanta una ceja mientras hojea el papel.

Despierta a Laurie y le pregunta cómo se siente. La voz de mi hermana suena ronca y apenas puede abrir los ojos. Ella sostiene su mano sobre el vendaje con dolor y gime, pero está bien. Me siento con ella por unas horas más antes de ir a casa después de que llegan mamá y papá.

TRES SEMANAS DESPUÉS:
LA GRAN REVELACIÓN

L aurie está relajándose en la sala de estar, todavía con un vendaje en la cabeza. Entro y nos sentamos a ver las noticias en la televisión.

—Aún no he visto nada sobre este asesinato en Paradox. ¿Tú lo has visto? —Me pregunta Laurie.

—No, no lo he visto... Estoy empezando a pensar que simplemente no fue real —Le respondo.

—¿Qué quieres decir? —Pregunta ella.

—Bueno, obviamente algo sucedió, la policía vino por aquí. Pero... —Continúo.

—¿Qué? —Ella insiste.

—No lo sé. No sabemos nada acerca de lo que sucedió, cada uno de nosotros vio algo diferente y estábamos drogados esa noche. Simplemente creo que lo estamos creando todo en nuestras mentes, estableciendo conexiones donde no las hay —Explico.

—Mmm, ya veo lo que quieres decir. ¿Alguien ha visto a Ryan?

—No sabría decirlo. Sin embargo, ninguno de nosotros lo ha

visto y cuando la policía se acercó, dijeron que había desaparecido. Pero su madre no ha vuelto y no he sabido nada de él desde entonces.

—Simplemente me olvidaría de eso entonces, probablemente esté de vuelta en casa ahora —Ella me tranquiliza.

De repente, aparece una nueva historia en la pantalla y la voz del lector de noticias suena monótona:

«La policía ha estado investigando el asesinato de un joven aún no identificado en un bosque local. El cuerpo había sido extremadamente mutilado y los investigadores forenses no descubrieron ADN del asesino en el cuerpo y nadie ha presentado ninguna pista sobre la víctima o el asesino. Un dibujante ha creado dos imágenes de cómo creemos que se veía la víctima antes del feroz ataque. Estamos buscando posibles testigos que estuvieran en el área para que se presenten. Si tiene alguna información, comuníquese con el número o el correo electrónico que aparece en pantalla ahora».

—No reconozco ninguno de los dibujos de la víctima en absoluto, pero algo me resulta familiar.

—¿Qué es? —Laurie me mira preocupada, notando mi inmensa concentración.

—Sí, ese no es Ryan... ¿Quieres ir por un porro? —Pregunto, sabiendo cuál será su respuesta, lo que significa que no tendré que compartir mis pensamientos y sentimientos sobre los bocetos.

—Definitivamente —Responde ella.

Nos subimos al auto y conducimos a la vuelta de la esquina para armar y fumar nuestro porro.

De camino a casa, justo cuando rodamos por el camino largo y angosto, aparece nuestra vecina, que parece ansiosa por conversar.

—Mierda, Laurie, ¡vamos, vamos, vamos! —Le ordeno que acelere hacia el camino para poder escapar.

—¡No puedo! —Exclama ella en pánico.

La cara de nuestra vecina cambia de una sonrisa alegre a una mueca confundida mientras nos ve pasar lentamente en el auto, ambas con expresiones interrogantes. Yo leo una página del periódico que recogí del piso del asiento del pasajero en un intento por parecer distraída.

Estacionamos el auto en el camino y corremos hacia la puerta, Laurie buscando sus llaves y tratando desesperadamente de insertar la llave en la cerradura.

—¡Hola! —Nos grita justo cuando logramos abrir la puerta y corremos hacia adentro.

—Eso estuvo cerca —Le digo a Laurie mientras levanto las cejas.

—Bien cerca —Ella reitera.

Unas horas más tarde, recibo un mensaje de texto de la madre de Javan preguntándome si iría a ayudar a ordenar las cosas de Javan. Ella sabe que lo conocí mejor que nadie. Estoy de acuerdo y salgo de inmediato.

Ella me lleva directamente arriba a su habitación y me deja mirar alrededor por un momento en silencio.

—Acabo de comenzar con ese cajón al lado de su cama si quieres hacer eso —Ella empieza.

—Oh. Sí, haré eso —Asiento con la cabeza y me siento en el borde de su cama, tomando algunas pilas de papel.

—¿Puedo traerte un trago o algo, Flic? —Ella pregunta.

—Solo voy a tomar un poco de agua, por favor —Le digo con una sonrisa.

Ella sale de la habitación y se dirige a la cocina.

Abro la primera hoja de papel en la parte superior de la

pila. Es una nota escrita a mano, y sé de inmediato que es la letra de Jav.

«5 de julio de 2018

He estado guardando este secreto durante demasiado tiempo; No lo soporto más. ¿Cómo puedo guardar sentimientos tan fuertes para mí? ¡Pues no puedo! Tuve que verlos crecer más cerca el uno del otro justo en frente de mis ojos. Y esa noche en Ámsterdam fue demasiado para mí. Me he sentido así durante años, pero nunca he hecho nada al respecto. Bueno, estoy listo para hacer algo ahora. Algo grande. Algo que no puede ignorar. Algo mucho más comprometido que simplemente cortarme las venas por él. Te amo Len».

Me siento mirando la nota por lo que parece una eternidad, con la boca abierta. ¿Se suicidó por Len? Esto cada día está más jodido.

La mamá de Jav regresa a la habitación arrastrando los pies y yo doblo la nota por la mitad y la pongo al final de la pila. Tomo el vaso y digo «Gracias», colocándolo a un lado y sigo examinando las notas.

«3 de julio de 2018

Están oficialmente juntos ahora, pero lo sospeché por un tiempo, ambos han estado actuando significativamente más felices de lo habitual. Tomamos hongos nuevamente hoy, afortunadamente fue mejor que la última vez. Creo que los volveré a hacer mañana. Parece que no puedo divertirme en estas vacaciones. ¡Ella está compartiendo una habitación con él, no yo! Ella debería estar compartiendo con Jenk en su lugar. Pero no puedo hacer nada más que tratar de divertirme.

Los vi esta noche abrazándose y besándose y llorando, creo que dijeron que estaban enamorados. ¡Ella nunca lo amará tanto como yo! ¡Ella no se lastima por él como yo! Él es mío».

¿¡Qué está pasando!? No puedo evitar apresurarme a leer la siguiente nota, que, según la fecha, es la noche del asesinato.

«27 *de junio de* 2018

Probé hongos por primera vez esta noche. No sé si los califico, para ser honesto. Realmente tampoco tuve mucho tiempo a solas con Len esta noche. Y apareció este tipo llamado Gaz, todos pensaron que íbamos a morir, no estaba demasiado preocupado, me habría estado haciendo un favor. En todo caso, el mal viaje hizo que realmente quisiera que me matara, pero no lo hizo, obviamente. Empecé a tropezar mucho después de eso. Me vi en el campo de batalla y un alemán me gritaba que peleara y no podía, nunca podía. Tal vez me está diciendo lo que debo hacer.

Creo que también vimos un asesinato, y Len parece pensar que fue él. ¡No puede ir a la cárcel, no puede dejarme! Grabé su nombre en mi muslo anoche y me está empezando a doler, creo que podría estar infectado. Pero eso solo muestra lo devoto que soy para él».

Cierro los ojos y siento dolor en mi corazón por Javan. Nadie sabía sobre esta vida secreta que estaba viviendo.

Finalmente decido qué hacer con mis hallazgos.

—Ahora sé por qué se suicidó —Le digo a su madre.

Ella me mira y frunce el ceño, así que le paso las notas y observo su rostro mientras las lee.

Le toma alrededor de diez minutos leer todo lo que puede soportar.

—¿Ustedes se drogaron juntos? —Ella me mira a los ojos.

—No lo obligamos a hacer nada que no quisiera —Le explico.

—No suena como eso. ¡Es miserable en estas cartas!

—Él siempre fue miserable, estaba deprimido —digo, manteniendo la calma, tratando de no levantar la voz como lo hizo ella.

Ella no puede pensar en qué decir. Ella permanece acurrucada sobre sus rodillas en el suelo mirando las cartas que descansan en su regazo.

—No tenía ni idea. Usted sabe que habría tratado de ayudar, o al menos hacérselo saber, si lo hubiera sabido. Le mostré las cartas, ¿no? Ambas hemos perdido a alguien. Sé que es mucho más difícil para usted, pero ahora tenemos que ayudarnos las dos —Le digo, inclinándome hacia adelante para estar más cerca de ella.

Ella no responde, así que digo que me iré y le diré que puede enviarme un mensaje si alguna vez lo necesita.

Ella permanece arrodillada allí durante horas hasta que su esposo llega a recogerla en sus brazos. Lloran juntos toda la noche, las preguntas se arremolinan en sus cabezas, las palabras de las cartas de Javan pasan por sus mentes. No hay nada que puedan hacer ahora.

TODAVÍA TRES SEMANAS DESPUÉS:
UNA REUNIÓN MUY IMPORTANTE

Todos nos encontramos en Paradox en 15 minutos. Escribo en el chat grupal, el nombre de Javan aún se mantiene firme en la parte inferior de la pantalla.

Len y Jenk están sentados en un banco esperándome cuando llego al estacionamiento. Me acerco para unirme a ellos y tiro un porro sobre la mesa.

—Bien. Tenemos mucha mierda de qué hablar, muchachos. ¿Dónde empezamos? —Yo abro la reunión.

—Creo que deberíamos tener una conversación adecuada sobre... Ya sabes... Esa noche —Vacila Len.

—Brillante idea, Len. Javan era gay por ti —Confieso, ya sabiendo que este iba a ser mi primer tema.

—¿Qué? —Pregunta, luciendo preocupado y confundido.

—Encontré un montón de notas en sus cajones, una de Ámsterdam, una de esa noche y Dios sabe cuántas más. Pero la mayoría de ellos hablaban de lo celoso que estaba de mí y de ti.

Jenk sacude la cabeza con incredulidad ante el drama, mientras enciende el cigarro.

—¿Cómo sabes que gustaba de mí y no de ti? Ustedes dos estuvieron juntos en el sexto año y todos sabemos que nunca se te acercó. ¿Puedes culparlo? —Me guiña un ojo.

—Él dice tu nombre en las notas, Len. ¡Definitivamente eras tú! —Trato de convencerlo.

—Eso es una locura... ¿Así que fue gay todo este tiempo? —Jenk pregunta.

—Eso pensarías, Jenkies —Levanto una ceja hacia él—. Ahora eso está fuera del camino. ¿Vieron las noticias? —Sigo adelante.

—¿No? —Len murmura.

—Han dibujado estos bocetos de cómo podría haber sido la víctima. No lo reconozco, pero hay algo que me resulta tan familiar —Busco los bocetos en mi teléfono y les muestro a ambos.

—Veo a que te refieres. Hay algo en los ojos —Murmura Jenk. Levanta la vista del boceto y mira a Len.

—Tienen ojos como los tuyos —dice, señalando con la cabeza hacia Len.

Parece asustado, escaneando nuestras caras para ver si también estamos preocupados.

—¿Estos son bocetos del asesino? —Él grita.

—No, Len. Tranquilo, es la víctima. Y estoy bastante segura de que todavía estás vivo —Intento aliviar algo de su estrés.

Deja escapar una gran bocanada de aire antes de volver a hundirse en el banco y quitarle el porro de la mano a Jenk.

—Hasta ahora, realmente no sabemos nada al respecto —digo, mientras finalmente me siento.

—¡No hemos estado consumiendo suficientes drogas! —Jenk grita, algo que obviamente ha estado en su mente.

—Bueno, tenemos el concierto de Skagss en un par de noches, entonces, ¿qué droga quieres tomar? —Pregunto.

—Puedo conseguir para todos un poco de ketamina —dice Jenk encogiéndose de hombros.

—Eso es sucio, pero está bien, adelante —Respondo. Necesitamos encontrar la verdad.

Len decide buscar en internet más información sobre el asesinato, y para nuestra sorpresa, encontramos un informe que no habíamos visto antes.

—Aquí dice que el arma homicida fue una roca —Nos lee en voz alta.

—¿Qué diablos? ¿Cómo no escuchamos esto? —Jenk pregunta.

—Ni idea... Estábamos en un mundo propio, sin embargo, dudo que hubiéramos escuchado algo.

—¿Creen que podemos ir a echar un vistazo? —Len pregunta y lanza su mirada de un lado a otro entre Jenk y yo.

Después de unos cinco segundos, la respuesta a la que llegamos es «sí». Tomamos la caminata un poco más larga hasta la escena del crimen desde el otro banco y nos acercamos al rollo de cinta policial que cuelga alrededor de un grupo de árboles. Está oscuro y no podemos ver mucho aparte de la cinta amarilla que lo rodea. Jenk enciende la linterna de su teléfono y la enfoca hacia el suelo frente a nosotros.

Por una fracción de segundo, en el destello de la luz, veo a Gaz corriendo hacia mí a través de la cinta policial con los brazos extendidos y una mirada de enojo en su rostro. Mis ojos parpadean rápidamente como si tuviera epilepsia y tropiezo hacia atrás. De repente, empiezo a llorar, sin siquiera pensarlo.

—¿Por qué lloras, bebé? —Len viene a consolarme.

Pero no sé por qué, así que no digo nada.

Me limpio las lágrimas y le digo que estoy bien. Vuelvo a la escena del crimen y miro alrededor. El suelo ha sido despejado de todo, por lo que no hay mucho que ver. Camino un poco, busco pistas en el piso, asegurándome de revisar cada parche de suciedad. Detrás de un arbusto, veo algunas líneas tenues en el suelo. Los arbustos que los rodean las mantienen protegidas de cualquiera que no supiera que estaban allí. Debe ser de cuando me desmayé después de mi pipí salvaje. Que embarazoso.

4 SEMANAS DESPUÉS:

JODIDAMENTE BIEN ¡KETTY!

Conduzco hasta la casa de Jenk y lo espero afuera. Aparece en el porche, su cabeza casi invisible detrás de la parte superior de la puerta. Baila, sosteniendo dos botellas de líquido naranja en sus extremidades extendidas. Se sube y muestra sus botellas.

—Vodka naranja, ¡uyuyuy! —Canta él.

Me rio de él y pongo el coche en primera. Puedo decir que Jenkies está ansioso por este concierto ya que no ha dejado de cantar las canciones que suenan en mi auto desde que salimos de su casa, y ahora estamos parando afuera de la de Len. Sale corriendo por la puerta principal y se mete en el auto con el ceño fruncido.

—¿Qué pasa contigo? —Yo le pregunto.

—Nada —Él bromea.

—¿Quieres una de estas, Len? —Jenk grita, empujando una de las botellas directamente a la cara de Len.

—No, estoy bien —Él responde con un poco de tristeza.

Decidimos ignorarlo y continuar con normalidad. Por lo general, podemos guiarlo a un mejor estado de ánimo. Jenk sigue cantando, bailando y balanceando sus botellas en el coche de camino a la estación, lo que hace que Len por fin esboce una débil sonrisa. Justo cuando estoy entrando en el estacionamiento, Jenk canta una línea de la letra de la canción que está sonando y levanta su botella en relación con las palabras, pero inmediatamente se arrepiente.

—¡EMPECEMOS A MEZCLAR TODAS NUESTRAS BEBIDAS UN POCO MÁS FUERTE! Me siento enfermo.

Nos reímos de él, porque no hay nada más que podamos hacer ahora, ya estamos aquí.

Para cuando llega el tren, Jenk se ve cada vez más desgastado. Len se sienta al final del vagón mientras Jenk y yo nos paramos cerca de él en la entrada del tren. Observo a Jenk balanceándose lentamente con el movimiento del tren, sus ojos casi se cierran y luego se vuelven a abrir. Se inclina hacia adelante para acercarse a Len, quien se estremece, pensando que le va a vomitar encima.

—¿Puedo sentarme allí? —Le murmura. Entonces, Len se levanta y viene a pararse conmigo.

Los dos lo observamos, riendo en silencio mientras está sentado en el asiento con la cabeza entre las rodillas. Una vez que llegamos a Manchester, salimos en busca de un lugar resguardado para fumar. En poco tiempo, encontramos un estacionamiento vacío de una iglesia. Enciendo el porro mientras Len y Jenk se apoyan contra la pared de la iglesia para hacer pis, Jenkies está prácticamente horizontal tratando de no orinar en sus zapatillas. Sólo pasamos el porro una vez antes de que el guardia de seguridad de la iglesia se acerque y nos diga que nos vayamos. Lo que hacemos, por supuesto. Pero sólo vamos al otro lado de la calle donde está el parque. Nos sentamos en un grupo de rocas situado junto a un conjunto de lápidas que parecen pertenecer a caballos.

—Entonces, ¿fumamos esto, hacemos una bomba y luego fumamos otro? —Pregunta Len.

Jenk se encoge de hombros, con una cara triste. Miro a Len y él está sonriendo, así que lo tomo como una broma. Terminamos el cigarro y comenzamos a crear nuestras bombas. Sostengo el papel del cigarro mientras Jenk saca un par de gramos de la bolsa y los mete. En la tercera, sin embargo, mete unos seis gramos en el papel.

—Ese es para mí —Él asiente con una ceja levantada.

No lo cuestiono; él puede hacer lo que quiera. Nos lo tragamos y encendemos otro porro ya que tarda más en hacer efecto si se toma de esta manera.

—Me siento enfermo —dice Jenk de nuevo mientras se pone el porro en la boca y lo enciende.

—¿Para qué fumas eso entonces? —Me rio.

—Solo se vive una vez —Se encoge de hombros y se ríe, obviamente incapaz de pensar en otra respuesta.

Después de haber fumado, nos levantamos y caminamos hacia un cajero automático para que Jenkies pueda sacar algo de dinero.

Len y yo nos quedamos a un lado mientras Jenk toca las teclas del cajero automático. De la nada, aparece un vagabundo y educadamente le pide dinero a Jenk.

—No he sacado nada —dice, mientras saca el billete de diez libras de la máquina y lo mete en su billetera.

—Vamos, necesito un lugar donde quedarme —Suplica el hombre.

—No, compañero. Lo siento —Responde Jenk y comienza a caminar hacia nosotros.

—¡MARICÓN! —Grita el indigente a la espalda de Jenk.

Len y yo comenzamos a gritar y burlarnos, ya que no podemos evitar reírnos de la situación.

Llegamos al lugar y entregamos nuestras entradas a

seguridad para que las revisen. Len y yo nos ponemos en la misma fila y nuestros boletos tienen las más mínimas rasgaduras en la esquina superior, perfectos para exhibirlos en la pared una vez que lleguemos a casa. El boleto de Jenkies, sin embargo, está prácticamente partido por la mitad y colgando de un hilo. Él lo sostiene para mostrarnos.

—¡Qué carajo! —El billete cuelga de su mano.

Nada parece ir bien para nuestro Jenkies esta noche, pero nos hace reír, así que seguimos.

Mientras la banda de apertura está tocando, Jenk y Len van a hacer pis una vez más, así que me quedo parada allí, bailando sola al ritmo de la música. Me doy la vuelta y una chica pequeña y tímida corre hacia mí y grita:

—¡Estoy jodidamente drogada! —Mientras agita los dedos como si fueran pistolas frente a mi cara.

Me quedo allí mirándola inexpresivamente al principio, hasta que la reconozco. Incluso entonces, todo lo que hago es levantar las cejas y sonreír levemente antes de darme la vuelta y encontrarme con Len y Jenk, que acaban de reaparecer por las puertas.

—¿Esa es McKetty allí? —Pregunta Len, señalando hacia ella con la cabeza.

Lamentablemente sí —Respondo poniendo mis ojos en blanco.

Vemos que nos ha visto de nuevo y nos escabullimos a la zona de fumadores cercana. Es un espacio tranquilo y razonablemente pequeño, y solo hay otras dos personas allí.

Los saludo y nos sentamos en el banco frente al cual están parados. Encendemos un cigarrillo y comenzamos a charlar, luego Jenk dice:

—Me siento enfermo —Otra vez. Seguido brevemente por —: Voy a estar enfermo.

Corre hacia la parte de atrás del área de fumadores y comienza a vomitar en una maceta vacía.

Las otras dos personas retroceden y se estremecen ante el sonido del vómito de Jenk derramándose por el suelo.

—Perdón por esto, es un chico drogado —Les pido disculpas.

—No, está bien, todos hemos estado allí —Responden, antes de terminar rápidamente sus cigarros y caminar de regreso al lugar.

Len se inclina hacia mí y dice:

—Que vergonzoso.

—No seas tan estricto, él no puede evitarlo —Defiendo a Jenkies y le doy a Len un revés rápido en el brazo.

La multitud ruge mientras Skagss sube al escenario con latas de cerveza en la mano.

—Jenk, ellos están en la tarima —Le grito.

Se limpia la boca y nos sigue a través de las puertas.

Toda la multitud es una masa que danza y se empujan unos a otros, cuando suenan las primeras canciones. Me empujan repetidamente contra la afilada barra de mármol detrás de mí, pero estoy mucho más interesada en ver tocar a la banda. Lentamente pero con firmeza, me empujan más y más hacia la puerta de la zona de fumadores de nuevo. Pensando que es solo el movimiento de la masa humana, la sigo. No es hasta que giro la cabeza que veo a Jenkies golpeando detrás de mí, con los brazos extendidos frente a él, deslizándose sobre la barra. Doy un paso fuera del camino y se desliza directamente por la puerta. No salgo a ver cómo está, pero mantengo los ojos en la puerta hasta que lo veo reaparecer para escuchar su canción favorita. Salta dentro de la masa humana, empujando a todos hasta que termina la canción, luego sale corriendo por la puerta. Se las arregla para quedarse la mayor parte del concierto, incluso se compra una camiseta antes de que nos vayamos.

Regresamos al tren y Jenk no dice mucho. Len y yo tenemos una conversación tranquila mientras lo vigilamos, como padres que cuidan a un bebé dormido.

Llegamos a nuestra estación y Jenk parece tener prisa por bajarse, así que lo hacemos rápido. Antes de que el tren tenga la oportunidad de salir del andén, Jenkies vuelve a vomitar. Esta vez es como el agua, no tiene nada más que dar. Todos en el tren se sientan y lo observan, en la primera fila, inclinados sobre la plataforma mientras el líquido transparente pronto se vuelve rojo carmesí, flotando en una corriente de agua de lluvia hacia un pequeño desagüe pluvial.

—¡Iré y traeré el coche! — Expreso, mitad siendo servicial y mitad simplemente queriendo no ser testigo de la escena que se desarrolla frente a mí.

Cuando finalmente me detengo frente a la estación de tren, Jenk tiene un brazo frágil doblado alrededor del cuello de Len mientras Len lo arrastra fuera de la plataforma y fuera de la estación. Lo tira en el asiento trasero del auto y se sube al frente.

—Me muero de hambre... —Len señala—. ¿Vamos a Maccies?

No ofrezco respuesta, excepto por una inclinación exagerada de la cabeza hacia Jenkies, desplomado en la esquina del asiento trasero.

—No querrás ir a Maccies, ¿verdad? —Yo le pregunto.

—Puedes irte —Murmura, levantando la cabeza ligeramente mientras habla.

—Vamos entonces. Seremos rápidos.

Me detengo en un espacio en el estacionamiento vacío al lado de Maccies y dejamos a Jenkies durmiendo en el asiento del lado del pasajero, con la ventana ligeramente abierta, en caso de que necesite vomitar de nuevo.

—Espero que estés bien, pero si vomitas en mi auto, nunca te llevaré de nuevo —Le advierto, a lo que él gime y asiente débilmente con la cabeza.

Ordenamos y nos sentamos en una mesa desde la que podemos ver el auto, en caso de que Jenkies necesite ayuda. Le envío un mensaje de texto para preguntarle si quiere algo, pero dice que está bien. Comemos uno de los mejores Maccies que he probado y regresamos al auto. Una vez lo suficientemente cerca, decido jugarle una pequeña broma a Jenkies y cerrar las puertas. Sus ojos se abren de golpe y su cabeza gira alrededor de su cuello, pero cuando nos ve, instantáneamente se calma y abro las puertas.

El camino a casa consiste en silencio y en tratar de no despertar a Jenkies, ya que es mejor que esté dormido.

Me detengo afuera de su casa y lo palmeo suavemente.

—Estás en casa —Le susurro.

Lentamente abre los ojos y busca a tientas la manija de la puerta.

—Buenas noches, amigo, envíanos un mensaje de texto en la mañana, cuéntanos cómo te sientes —Le digo mientras sale del auto.

—Está bien —Murmura de nuevo.

—¿Jenkies? —Lo llamo.

Se da la vuelta con tristeza para mirarme.

—Delicadeza, nunca estrés —Le sonrío.

Forma su propia sonrisa débil y da traspiés hacia la puerta principal.

Conduzco hasta la casa de Len y ambos nos quedamos dormidos tan pronto como nuestras cabezas tocan la almohada.

Desafortunadamente, no se puede decir lo mismo de Jenkies.

Su visión se nubla mientras lucha por subir las escaleras. Choca contra su habitación y arroja su ropa, dejándola en una pila desordenada en el suelo. Se acuesta lentamente en la cama. Toma un sorbo de agua y lo vuelve a tirar segundos después, dejando un charco en el suelo. Se siente demasiado sombrío para hacer algo con el desorden en el suelo, así que se da la vuelta y trata de cerrar los ojos. Esto lo envía al oeste y sus ojos revolotean detrás de su armadura de piel. Mientras yace boca arriba, aturdido, asustado e inmóvil, vomita por última vez, pero, inmovilizado boca arriba, se atraganta con su propio vómito y muere en su cama.

5 SEMANAS DESPUÉS:

¡JENK ESTÁ VIVO!

E s el día del funeral de Jenk, que su padre y sus hermanas organizaron juntos.

Finalmente llego a la casa de Len y nos dirigimos juntos al crematorio.

Toda la familia de Jenk ya está allí y nos presentamos a las personas que no hemos conocido antes. En la esquina de la habitación hay un recorte de tamaño natural de Jenkies con su característico sombrero de pescador. Se lo señalo a Len y nos reímos juntos en voz baja. La hermana de Jenk se acerca a nosotros y le damos un abrazo.

—¿Cómo estás? —Le pregunto.

—Definitivamente ha habido momentos mejores, pero se supone que debemos estar celebrando su vida, no lamentando su muerte —Explica ella.

—Sí, exactamente. Nos encanta ese recorte de él —Le digo.

—Ja, ja, sí, esa fue mi idea. Puedes tenerlo después de la ceremonia si quieres —Ella ofrece.

—Lo llevaremos a él a todas partes con nosotros —Le aseguro.

El sacerdote entra en la habitación y todos tomamos asiento. El padre de Jenk lee una carta que había escrito para su hijo, sus hermanas hacen lo mismo y no había ni un ojo seco en la casa. Fue divertido ver fotos de él cuando era un niño pequeño. Simplemente nunca pude imaginarlo siendo pequeño, y no lo era, todo lo que faltaba era el sombrero de pescador para ahora se viese exactamente como se veía antes.

Al final del servicio, hablamos de nuevo con su familia y su hermana nos pasa el recorte de cartón.

—Cuídalo bien —dice, mientras coloca sus piernas de cartón debajo de mi brazo.

—Lo haremos —Asiento y sonrío.

Lo siento en la parte trasera de mi auto, donde siempre se sentaba, y manejamos a casa escuchando su canción favorita de Tenacious Toes. Larga vida a los Jenkies.

Volvemos a casa de Len y cuando giramos en la esquina de la calle donde se encuentra su casa, vemos un par de coches de policía aparcados en la acera. Cuando pasamos arrastrándonos, vemos que no hay nadie en ellos. Entramos en su casa y su madre cruza el pasillo para saludarnos.

—La policía quiere llevarlos a ambos a la comisaría para interrogarlos. Sin embargo, no nos dirán de qué se trata —Explica.

Cada uno de nosotros se dirige hacia un coche de policía diferente y subimos a regañadientes a la parte trasera antes de ser conducidos a la estación.

En el camino hacia allí, pierdo de vista el automóvil que transportaba a Len y no tengo idea de adónde lo han llevado, pero al llegar a la estación me dirigen a una habitación pequeña y miserable con solo tres sillas y una mesa de metal, todo atornillado al piso. Un policía gordo y calvo entra en la habitación, cierra la puerta detrás de él y se sienta frente a mí, todo esto mientras me mira a los ojos y no dice una palabra.

—Entonces... Dos de tus amigos se han suicidado en el espacio de tres semanas. ¿Tienes algo que ocultar? —Se queja, el olor a café persiste en el aire.

—Javan estaba ocultando el hecho de que era gay y Jenkies murió por accidente, muchas gracias. Son mis amigos de los que usted habla. ¿Podría tener un poco más de respeto, por favor? —Ordeno, sintiendo mis dientes apretarse y mi sangre hirviendo.

—¿Y se supone que debo creerte? La chica que escribió en su declaración inicial, *«vi a Ollie apuñalando un plátano gigante con un sombrero de copa»*. ¿En realidad...? —Él levanta una ceja.

—¡Eso es lo que vi! —Empiezo a alzar un poco la voz.

—Investigamos a su supuesto asesino, Gaz, y él tiene una coartada perfecta, con circuito cerrado de televisión para respaldarla. ¿Cómo explicas eso? —Él miente, levantando la ceja aún más alto.

—Eso es lo que vi —Repito, ahora más harta que irritada—. No puedo explicarlo. Estaba muy cansada.

—Pásame tus zapatos —Exige el oficial.

—¿Qué? —Pregunto, arrugando mi rostro.

—Tomaremos tus zapatos como evidencia.

—¿Es eso lo que cree que fue el arma homicida? —Bromeo, no queriendo renunciar a mis zapatillas favoritas.

—¿Estás diciendo que lo eran? ¿Es por eso que no me los quieres dar? —Pregunta, claramente sin llegar a mi nivel de humor.

Me rio de lo patético que está siendo y le entrego mis zapatos.

—¿Qué se supone que debo usar en su lugar? —Le pregunto, recostándome en la incómoda silla de metal que se me clava en la columna.

—No es mi problema.

Se levanta de su asiento, mete los zapatos en una bolsa de plástico para pruebas y sale de la habitación. Mirándome por última vez antes de cerrar la puerta.

Dejándome sola en la habitación austera y deprimente nuevamente durante horas para después sacarme y dejarme ir, descalza, para encontrar mi propio camino a casa.

6 SEMANAS DESPUÉS:

GLOBO DE LA PERDICIÓN

Después de una semana larga y agotadora, realmente siento que quiero soltarme el pelo y olvidarme de todo lo que está pasando, solo por una noche. Una amiga, Annie, me invita a su fiesta en casa no muy lejos de la casa de Len, así que decido asistir. Me pongo la ropa que me queda mejor y me hago otro agujero en el cinturón para que quede más ajustado. Ya había una multitud de personas allí cuando aparecí, muchas más personas de las que caben dentro de la casa. Me abro paso entre los grupos de personas en el pasillo, dándoles a todos una sonrisa y un saludo. Hay algunas personas aquí que reconozco de la escuela secundaria, así que hablo con ellos por un rato antes de salir, donde veo a mi amiga.

—¿Todo bien, Annie? —Pongo mi brazo alrededor de su hombro y tiro de ella para abrazarla.

—Gracias por venir, Flic, sé que has tenido muchas cosas que hacer —Comienza, antes de que la detenga.

—Lo sé. Sin embargo, quiero olvidarme de eso por esta noche —Le explico.

—Esto ayudará —Ella me guiña un ojo y me pasa una bolsa de polvo blanco de aspecto dudoso y un globo.

Huelo dos gramos y me aferro al globo.

—Dejaré que eso haga efecto primero —Me río, y ella asiente con la cabeza.

Después de unos minutos, Annie tiene que entrar corriendo para evitar que un par de idiotas tiren cosas por su casa, así que doy un pequeño paseo por el jardín. Veo a un par de personas que conozco sentadas en un banco al otro lado de la calle, así que corté por el costado de la casa para llegar a ellas. Comienzo a inhalar y exhalar en mi globo mientras empiezo a caminar. Incluso antes de que salga por la puerta lateral, mi entorno comienza a deslizarse en mis ojos. Tropiezo hacia un lado, pero logro sujetarme y enderezarme antes de tropezar nuevamente hacia el lado opuesto y golpear la pared, desmayarme y caer sobre el césped.

Estoy caminando por Paradox, drogada con MD y desesperada por hacer pis. Mi visión sigue parpadeando en blanco, como un conjunto de luces estroboscópicas que apuntan directamente a mis ojos y todo parece borroso. Cuando llego a un terreno despejado, miro a mi alrededor y, de repente, de la nada, Gaz, que está agazapado detrás de un arbusto, extiende las piernas y viene corriendo hacia mí con los brazos extendidos, uno con un cuchillo en la mano. Me estremezco y trato de esquivarlo, pero él corre hacia mí, enviándonos a ambos a toda velocidad sobre un pequeño arbusto. Él se levanta de inmediato y da un par de pasos hacia atrás para poder verme mejor. Lo miro desde el suelo y sonríe con una sonrisa igualmente sucia.

Vuelvo a la realidad y estoy tumbado con los brazos abiertos sobre el césped entre la casa de Annie y la valla, con un globo amarillo desinflado arrugado junto a mi cabeza. Me levanto y sigo caminando por la carretera.

—¿Todo bien, Flic? ¿Dónde has estado? —Mis compañeros me preguntan.

Yo sonrío.

—He estado por allí. ¿Qué están haciendo aquí? —Les pregunto.

—Esperando a un distribuidor.

No pasa mucho tiempo antes de que aparezca. Una figura negra y sombría envuelta en una sudadera con capucha negra. Se acerca a nosotros y nos entrega el paquete y toma el dinero, luego se baja la capucha.

—¿Ryan? —Arrugo la frente. ¿Puede ser verdad?

—Sí, ¿qué buscas? ¿10, 20 gramos?

—No, tu madre ha estado buscándote durante meses, ¿sabes? ¡Hay un informe de persona desaparecida sobre ti y todo! —Le explico, en caso de que no esté al tanto de su propia desaparición.

—Lo sé. Me escapé, no podía soportar que fuera tan protectora.

—Mis compañeros y yo pensamos que estabas muerto. Maldito infierno. Esto me ha revuelto el cerebro —Me siento en el banco y sostengo mi cabeza en mis manos.

Me preguntan por qué creíamos que estaba muerto y les explico la historia. Se ven igual de alucinados por toda la situación que yo. Le sugiero a Ryan que probablemente debería hacerle saber a su mamá y a su papá que está a salvo, al menos, y reflexiona sobre la idea.

Al final de la noche, me acerco a lo de Len y le cuento la revelación de Ryan mientras él escucha atentamente y me acaricia el cabello.

DICIEMBRE:
ARRIESGÁNDOLO TODO POR UNOS CALCETINES

He llegado a mi último mes de vida y, para celebrarlo, hemos planeado una última gran fiesta antes de que esté demasiado débil para moverme. Mi lugar favorito de todos los tiempos, hogar del día más feliz de mi vida, testigo de algunos de los mejores momentos que he tenido, y campeón de todo lo que es divertido: Amsterdam. Esta vez voy con Laurie, y una vieja amiga de la familia que no hemos visto en años, Suze.

En nuestro primer día allí, compramos un gramo de Lemon Haze (Cannabis con aroma y sabor a limón) y vagamos por innumerables museos y pasamos horas en el zoológico, drogándonos por supuesto. Sin embargo, hacia el final del día, los pies de Suze le dolían por el roce de sus zapatos después de caminar tanto, así que nos pregunta si podemos entrar a H&M para comprar unos calcetines, y estamos de acuerdo, pero solo si es rápido. Entramos y vemos un ascensor en la planta baja.

—¿Qué piso es? —Dice Suze mientras entramos.

—Uno —Dice Laurie, con una mirada indiferente.

Algunas personas más se amontonan en el ascensor pequeño y de apariencia insegura y presionan los cinco botones. Ninguno de ellos habla inglés, así que empezamos a bromear mientras el ascensor despega.

—¡Bien podría haber pasado la mano por los botones! —Laurie se ríe.

—¡Ja, ja, o accidentalmente te paras frente a ellos! —Suze también se ríe y luego va a demostrar.

Mientras se recuesta sobre las paredes plateadas, un ruido sordo resuena a través del hueco del ascensor y los anillos rojos alrededor de los botones se apagan. Todos se miran entre sí, y las personas en el frente presionan su número de piso nuevamente, pero el anillo rojo no aparece.

—Las luces no se vuelven a encender. Creo que el ascensor se ha atascado —Les digo a Laurie y Suze mientras los otros ocupantes entran en pánico hablando holandés.

Cogen el teléfono de emergencia y empiezan a hablar rápidamente en un idioma que no entendemos.

Laurie y yo doblamos ligeramente nuestras rodillas, listas para el impacto, y Laurie se pregunta si debería enviar un mensaje de texto a mamá y papá para decirles que los amamos.

—¿Qué está sucediendo? —Pido a cualquiera que me honre con una respuesta.

—El ascensor se ha detenido. Pero no pueden ubicar la tienda —Responde un hombre.

—Genial —Me digo a mí misma.

Afortunadamente, el tipo del teléfono de emergencia tiene un cordón alrededor del cuello, que pertenece a la tienda, por lo que sabe cómo lidiar con este tipo de cosas. Termina la llamada unos cinco minutos después y simplemente se apoya contra la pared.

Después de otros diez minutos, se acerca a la puerta y se prepara, con las manos listas para abrir las puertas del ascensor. Todo lo que puedo pensar es que espero que no muramos. ¡No estoy lista para morir unas semanas antes de lo programado!

Las puertas se separan lentamente y una luz blanca brillante entra a raudales por la rendija. ¡Dios mío, esto es el cielo! No. Es la planta baja de H&M.

Todos sueltan una risita de alivio y todos nos dirigimos a nuestros pisos designados a través de las escaleras.

Nos subimos a una escalera mecánica en el medio del primer piso, ya que en realidad no pudimos encontrar los calcetines que un dependiente de la tienda prometió que estarían aquí. Cuando llegamos a la mitad del camino, me doy la vuelta y veo a un hombre pequeño y espeluznante que sostiene su teléfono a la altura de la cabeza y nos apunta directamente. Laurie también se da cuenta y me pone cara de preocupación. ¡Excelente! ¡Acabamos de sobrevivir a una experiencia cercana a la muerte con un ascensor (que ni siquiera se había movido) y ahora estamos a punto de ser secuestradas! Finalmente encontramos estos fulanos calcetines, los pagamos rápidamente, después de esperar en la fila durante quince minutos, y salimos del edificio lo antes posible, contentas de estar de vuelta en el aire fresco del invierno de Ámsterdam.

—Al menos ahora estamos lejos de los traficantes —Le digo a Laurie, que se ve feliz.

—Tiene un video, no va a ser difícil encontrar a una chica de cabello azul, con una chica rubia y una chica de cabello castaño —Ella argumenta.

—Oh sí, tienes razón.

Regresamos a nuestro apartamento bastante tarde, así que decidimos enrollar un cigarro y luego irnos a la cama.

Laurie y yo hacemos nuestra tarea habitual de enrollar; Yo muelo la hierba y vuelvo a poner todo en la bolsa mientras ella lía los cigarros.

—¿Por qué no mueles toda la hierba ahora, así no tienes que seguir haciéndolo? —Suze pregunta.

—Nunca pensé en eso —Responde Laurie.

—¿Nadie más lo hace? —Me pregunto, pero lo intentamos de todos modos.

Yo muelo la hierba, pero me detengo en seco una vez que lucho por encontrar la mejor manera de transportar la hierba del molinillo a la bolsa plástica.

—Lo haré —Se ofrece Suze, así que se lo paso todo.

Comienza tratando de colocar la bolsa sobre el molinillo, pero no es lo suficientemente ancha. Sin embargo, eso no la detiene, y cuando la veo poner el molinillo boca abajo con la esperanza de que la hierba se transporte mágicamente a la bolsa, tengo que detenerla yo misma.

—¡No hagas eso! —Entro en pánico.

Ella me mira a través de sus largas y espesas pestañas y se ríe antes de devolvérmelo. Un poco de hierba cae sobre su pierna, que rápidamente tira al suelo. Laurie y yo nos llevamos las manos a la cabeza en señal de devastación.

—No puedo creer que hayas hecho eso —Laurie niega con la cabeza con una mirada aturdida en su rostro.

Suze se encoge de hombros y se ríe. La hierba no significa mucho para ella.

El segundo día, recogemos algunos hongos por la mañana y visitamos algunas de las cafeterías de los callejones. La primera a la que entramos parece más un burdel en un sótano que una cafetería. El lugar apenas está iluminado, aparte de las pequeñas luces rojas, y me encuentro teniendo que concentrarme realmente en el lugar al que me dirijo.

Caminamos hacia el mostrador y el anciano fornido nos pregunta qué tipo de hierba queremos.

—¡Algo que nos haga reír! —Suze sugiere.

—Esto es lo que ustedes necesitan —dice, con su elegante acento extranjero.

El único lugar para sentarse es en un banco que se extiende a lo largo de tres de las paredes traseras, así que elegimos la esquina.

Me muevo rápido detrás de la mesa para encontrar que estoy sentada al lado de un gato, que me está mirando con curiosidad con sus grandes ojos verdes. Me persigue durante unos segundos antes de saltar al suelo y acurrucarse junto a un hombre encorvado con un jersey a rayas que está sentado en la mesa contigua a la nuestra. Está haciendo rodar un porro muy agresivamente sobre la mesa, así que no puedo evitar mirar. A mitad de camino, toma uno de sus papeles sobre la mesa y comienza a comérselo.

—Se acaba de comer el papel —Susurro apresuradamente.

—¿Qué? —Ambas responden muy confundidas.

—Simplemente se puso el papel en la boca y ahora se lo está comiendo.

Ambos giran para mirar al mismo tiempo, pero afortunadamente él no se da cuenta, pero ven que todavía está masticando algo. Increíblemente, después de terminar ese, se come otro. Decido que es mejor no verlo más.

Sin embargo, alguien que todavía elige mirar es Suze. Ella está sentada mirando descaradamente al nuevo grupo de personas sentadas justo a nuestro lado en la mesa adyacente.

—¿Vas a presentarnos a tus nuevos compañeros? —Le digo, moviendo mi cabeza hacia el grupo.

—¿Quieres ir y unirte a ellos? —Laurie también dice, moviendo su cabeza hacia ellos.

No podemos dejar de llorar de la risa. El tipo detrás de la barra nos grita.

—Está funcionando bien, ¿eh? —Se ríe y nos da un pulgar hacia arriba.

—En efecto.

Nos dirigimos a otra cafetería más grande e icónica para ver qué podemos encontrar allí. Está llena y no hay asientos, pero vamos al bar de todos modos y esperamos que para cuando hayamos tomado un trago, haya algunos asientos libres.

Mientras estamos aquí, veo a un tipo a nuestra izquierda que está sentado en un taburete de la barra y parece que está pasando un mal momento. De repente, se inclina hacia atrás y aterriza en el suelo, golpeándose la cabeza con una silla. Algunas personas se reúnen a su alrededor, pero Laurie y yo ya estábamos junto a él, los curiosos lo observan mientras él vuelve en sí lentamente. Sus ojos se abren y él, de repente, se ve muy asustado y confundido. Me mira a los ojos y trato de parecer lo más amigable posible.

—Estás bien —Asiento y le sonrío.

—Estás seguro —Laurie hace lo mismo.

Todavía se ve aturdido y lo ayuda otro hombre que había venido a ver cómo estaba. Agarra su abrigo de alrededor del taburete y sale por la puerta, frotándose la cabeza.

—Eso fue un poco aterrador —Le digo a Laurie.

—¡Mmmm! —Ella está de acuerdo con los ojos muy abiertos.

Vemos que una mesa está disponible en el piso superior, así que todas subimos corriendo las escaleras y la reclamamos como nuestra. Una vez que finalmente tenemos todo resuelto, por fin nos relajamos con una copa de vino y un porro. Sin embargo, en lugar de sentirme hiperactiva y risueña, me siento felizmente cansada y relajada, así que me siento en mi silla y observo a la gente. Un grupo de tres adolescentes acaba de llegar, bebiendo sus cócteles sin alcohol y bailando terriblemente con las melodías remezcladas que suenan a todo volumen en el edificio. No puedo evitar reírme y Suze los filma descaradamente y también se ríe, todo de buen humor. Eventualmente, nos ven mirándolos y sus sonrisas se convierten en gestos de vergüenza, pero no pasa mucho tiempo antes de que estén saltando de nuevo a la siguiente canción.

Una pareja de mediana edad pasa por delante de nosotros y Suze comienza una conversación con ellos, ya que Laurie y yo no somos muy habladores en este estado. El hombre claramente desearía haber hecho esto cuando era más joven y es mucho más abierto y divertido en comparación con su esposa, que parece que preferiría estar sentada vigilando una clase de detención. Se sientan frente a nosotros y no pasa mucho tiempo antes de que Suze le ofrezca un poco de su porro, ya que ella no se siente lista para nuestro Lemon Haze, él viene, fuma un poco y charla con nosotros sobre las drogas que probó cuando era más joven. Su esposa todavía está sentada, rascándose en la parte posterior de su cabeza. Cuando regresa con ella, tienen una discusión muy acalorada y, a lo largo de la noche, se reconcilian, discuten, se reconcilian de nuevo, y vuelven a discutir. Nos dicen «adiós» antes de irse y ella pone una sonrisa de «hey, estoy tranquila al respecto», como si no la hubiéramos visto regañándolo mientras señalaba nuestra mesa. Nosotras también decidimos terminar poco después de que ellos se han ido, y volvemos al apartamento.

Agrupamos algunas sillas juntas y traemos las fundas de edredón de la cama para poder estar más relajados. Suze pone su música soul en el sonido envolvente y encendemos la luz de cambio de color en el suelo que ilumina el rincón pequeño de la habitación.

Masticamos una caja de hongos cada una.

—Queda un poco aquí, ¿alguien lo quiere? —Suze pregunta, sosteniendo una pequeña trufa.

—Solo déjalo en el suelo con el resto de la hierba —Bromeo, haciendo que Laurie se ría a carcajadas.

Tarda aproximadamente media hora en hacer efecto, momento en el que nos hemos movido por la habitación y nos hemos sentado en la cama. La pintura en la pared adyacente presenta a una mujer dorada con grandes labios rojos brillantes, vadeando hasta los hombros a través de un mar dorado. Aparentemente de la nada, el agua comienza a agitarse alrededor de su cuerpo y las olas comienzan a deslizarse y chocan lentamente entre sí. La pequeña y colorida luz que solo iluminaba una pequeña parte de la habitación ahora inunda toda la habitación con sus colores fluorescentes.

Nos sentamos en nuestro círculo de sillas y hacemos algunos dingers, usando un inhalador manual y unos globos para introducir el gas alucinógeno. Tomo respiraciones largas y lentas antes de abrir los ojos y mirar alrededor. Como ver una película 3D antigua sin las gafas, una línea irregular de rosa y verde perfila cada forma. Laurie intenta construir su dinger, recogiendo un globo, una cápsula y nuestra nueva galleta dorada, pero le cuesta encontrarle sentido a todo. Finalmente, coloca la cápsula en la galleta y, una vez más, la confusión la invade. Ella tuerce la galleta, sin el globo en el extremo, en la palma de su mano.

—¡Me he congelado la puta mano! —Ella grita en pánico, sosteniendo su mano en el aire por su muñeca.

Suze y yo nos reímos a carcajadas y le aseguramos que su mano está bien. Laurie finalmente toma su dinger y dice que todo estaba dejando un rastro a medida que se movía, así que, naturalmente, empiezo a agitar mis largos brazos frente a ella y ella mira con la boca abierta de asombro, siguiendo cada movimiento con su cabeza.

Decidimos hacer uno más, pero esta vez todos juntos. Empezamos a inflar nuestros globos cuando de repente tengo un pensamiento.

—¡Imaginen si esto fuera helio! ¡PAHAHA, MI NOMBRE FELICITY! —Yo chillo.

Laurie se ríe en su dinger y sale volando por la habitación. Enviándonos a todas a la histeria.

Hay otra pintura de una mujer, detrás de Laurie; esta es toda gris, aparte del cabello rojo llameante sobre una cara geométrica. Mientras muevo la cabeza de izquierda a derecha, el rostro de la mujer se mueve conmigo, como si fuera una escultura en 3D en una pantalla digital.

—¿Vamos a fumar el resto de eso? —Sugiere Laurie, señalando con la cabeza dos mitades de un porro en la mesa.

—Adelante entonces —Estoy de acuerdo, con una confianza alimentada por hongos.

Todo parece estar bien al principio, pero mis piernas no pueden quedarse quietas. Pronto, nada tiene sentido.

—No parece que te estés divirtiendo —dice Suze, razonablemente sobria ya que ella no fumaba hierba.

De la nada, me envían a una dimensión diferente donde solo existo yo, en un nuevo planeta lleno de objetos nuevos y curiosos, no reconozco ninguno de ellos, ni sé cuál es su uso, pero miro todo en detalle. ¿Cómo puedes viajar a un mundo completamente nuevo, sin moverte ni un centímetro? Así son las drogas.

Suze se aburre de mi mirada inexpresiva y de Laurie. Así que se va para la cama a charlar con su amiga por teléfono. Me acerco a Laurie y me siento con ella. No solo hace frío en la habitación, sino que también es bueno saber que no estoy sola en mi mundo desconocido. Laurie mira fijamente una imagen de Nueva York, cobrando vida con los taxis amarillos zumbando por la carretera.

Miro por la ventana hacia el cielo nocturno y veo que se forma un agujero entre el conjunto de estrellas. Se hace más y más grande hasta que me traga y me escupe de vuelta, sobre un viejo banco de madera, cubierto de graffiti. Tres muchachos están sentados conmigo. Enfrente hay un tipo muy alto con el pelo hasta los hombros y un bonito sombrero de pescador. Junto a él hay un niño triste, desplomado en el banco, su puntiagudo codo casi atraviesa la madera. Y junto a mí está la cosa más hermosa que he visto en mi vida; grandes dientes blancos como perlas, ojos azules brillantes y cabello tan suave y blanco como la nieve recién caída. Me levanto del banco y sigo un camino que conduce al bosque. Encuentro un área plana y examino mi entorno. Por el rabillo del ojo, veo movimiento y cuando me doy la vuelta, un hombre de aspecto aterrador, con el rostro lleno de cicatrices, corre hacia mí con los brazos extendidos para agarrarme. Trato de esquivarlo, pero nos envía a ambos a toda velocidad sobre un pequeño arbusto que está detrás de mí. Me agarra por la garganta y trata de ahogarme. Recojo una piedra que está al lado de mi pierna y lo golpeo en el costado de la cabeza con ella una y otra vez, con tanta fuerza como puedo conjurar, antes de rodar para tomar aire y desmayarme allí en el suelo duro y fangoso.

Estoy temblando y sudando incontrolablemente, y mis ojos recorren la habitación mientras los latidos de mi corazón crecen más y más rápido dentro de mi pecho, como si mi corazón quisiera escapar de mi cuerpo y huir del horror que acabo de revivir. Siento que podría vomitar en cualquier momento, así que me levanto y anuncio que me uniré a Suze en la cama. Una baraja de cartas se ha caído al suelo junto a nosotras, así que me agacho y recojo cada carta, una por una, concentrándome como nunca antes, para alejar mi mente de lo que estoy sintiendo y lo que acabo de ver. Recojo una. Recojo dos. Recojo tres. Tomo la cuarta, continúo en mi cabeza, hasta que no me quedan cartas para contar. Las balanceo suavemente sobre la mesa, mis manos aún tiemblan. Bajo los dos escalones de madera que rechinan, los cuales conducen desde la sala de estar hasta el dormitorio, y tan pronto como pongo un pie en el piso del dormitorio, todos los malos sentimientos desaparecen y siento que nunca estuve en esa otra dimensión, nunca sentí ese dolor, nunca hice esas cosas.

Llegamos al aeropuerto a la mañana siguiente, nos despedimos de Suze mientras vuela de regreso a Londres y nos dirigimos a la puerta de Manchester. Rápidamente hacemos una visita a la zona de fumadores muy futurista que se encuentra en medio de una de las salas de embarque. Lamentablemente, a la mitad del cigarro de Laurie, entra un limpiador y nos dice que debemos irnos. Lo tomamos con una pizca de sal y seguimos con normalidad, hasta que... Entra la pareja que estaba discutiendo en la cafetería. Laurie da bocanadas cortas y rápidas hasta que llega al filtro y lo sacamos de allí lo más rápido posible. Lo cual no hace mucha diferencia, ya que terminamos sentadas junto a ellos en el avión de regreso a casa.

FINAL

Entonces, ahí está. Esa es la verdad sobre lo que pasó esa noche. Sin siquiera saberlo, maté a un hombre en defensa propia y continué con el resto de mi vida sin darme cuenta hasta el último minuto. No le digo nada a mi familia sobre mi crimen recién descubierto mientras me rodean en mi cama de hospital. Mi mamá está sentada a mi lado, tomándome de la mano, mi papá al otro lado. Los miro en silencio mientras las lágrimas brotan de sus ojos.

—No llores. Estoy feliz —Alcanzo a susurrar.

Len y Laurie se sientan más abajo, ambos con un fuerte agarre protector en mis piernas. Len está hecho pedazos y no puede dejar de sollozar sobre mis sábanas blancas y delgadas. Puedo sentir la humedad pegando la sábana a mi pierna.

—Los amo a todos —digo y sonrío, mirando a cada uno.

Literalmente, toda la familia ha aparecido para despedirse. Incluso el recorte de cartón de Jenk está estático, sonriéndome, detrás de la multitud de rostros tristes.

—Soy tan afortunada de haber pasado mi vida con todos ustedes —Continúo.

—Nosotros también te amamos, Flic —La gente gime a coro.

Los miro a todos una última vez.

—Gracias

Cierro los ojos para nunca volver a abrirlos.

La vida puede ser corta, pero es lo más largo que conoceremos.

UN AÑO DESPUÉS

La familia de Javan finalmente hace las paces con el suicidio de su hijo. Después de leer todas sus notas, se dan cuenta de que no era feliz en esta vida y ahora se mudó a un lugar mejor y más amable donde es feliz y libre.

La familia de Jenk, continúan viviendo sus vidas pero lo extrañan eternamente. Nunca le dicen a nadie la verdadera causa de su muerte, atribuyéndola a una insuficiencia cardíaca. Su lápida se yergue con orgullo en el cementerio, las palabras Delicadeza, Nunca Estrés, pegadas en la parte superior. Su legado continúa en forma de su recorte de cartón.

Flic fallece el primero de enero de 2019. Al buscar entre sus pertenencias, se descubre un diario. En la primera página, en letras grandes y en negrita, están las palabras Demasiado Lejos al Oeste. Su familia lucha para que se publique el libro para dejar las cosas claras, pero constantemente transmite su inocencia en relación con el asesinato.

En cuanto a Len, no puede manejar la pérdida de sus dos mejores amigos y su novia. Lentamente comienza a caer en una espiral hacia la locura. Eventualmente, es hospitalizado en un centro llamado hospital psiquiátrico de George Lee, donde los médicos e investigadores lo observan día tras día, para estudiar sus trastornos mentales, así como tratar de obtener su versión de los hechos para confirmar los de Flic, pero todo lo que consiguen de él son historias fantásticas sobre cuatro piratas que presencian un asesinato en su barco, Black Beauty, o cuatro astronautas que presencian un asesinato en la luna.

Su caso está catalogado en un próximo libro: Len World.

Querido lector,

Esperamos que hayas disfrutado leyendo *Demasiado Lejos al Oeste*. Tómese un momento para dejar una reseña, incluso si es breve. Tu opinión es importante para nosotros.

Atentamente,

Isobel Wycherley y el equipo de Next Chapter

ACERCA LA AUTORA

Nací el 13 de septiembre de 1999 en Warrington, Inglaterra.

Escribí este, mi primer libro, cuando tenía dieciocho años, basado en mis experiencias en el verano de 2018.

Estudio lingüística en la Universidad Metropolitana de Manchester, y estoy interesada en seguir la lingüística forense. También tengo interés en la adquisición de una empresa editorial.

Me encanta la música, siempre ha sido una gran parte de mi vida, además de ayudarme a establecer una actitud positiva hacia cualquier cosa. Las películas son otro de mis amores, que trato de reflejar en mi estilo de escritura, ya que generalmente imagino mis historias como películas que se desarrollan en mi cabeza, lo que me ayuda a imaginar lo que me gustaría que sucediera a continuación, si realmente fuera una película.

Soy muy curiosa y quiero saber de todo, sobre todo. Me encanta aprender y experimentar cosas nuevas y no puedo esperar a ver a dónde me lleva eso, especialmente en mi nueva carrera como escritora.

Demasiado Lejos al Oeste
ISBN: 978-4-82418-099-5

Publicado por
Next Chapter
2-5-6 SANNO
SANNO BRIDGE
143-0023 Ota-Ku, Tokyo
+818035793528

27 mayo 2023